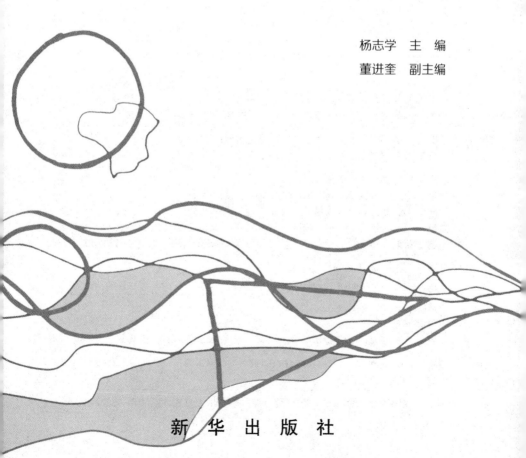

中国年度
优秀诗歌
2022 卷

杨志学　主　编
董进奎　副主编

新华出版社

图书在版编目（CIP）数据

中国年度优秀诗歌. 2022卷 / 杨志学主编.
-- 北京: 新华出版社, 2023.3
ISBN 978-7-5166-6759-0

Ⅰ.①中… Ⅱ.①杨… Ⅲ.①诗集－中国－当代
Ⅳ.①I227

中国国家版本馆CIP数据核字（2023）第044167号

中国年度优秀诗歌. 2022卷

主　　编：杨志学	副 主 编：董进奎
出 版 人：匡乐成	出版统筹：许　新
责任编辑：李　成	封面设计：刘宝龙

出版发行：新华出版社
地　　址：北京石景山区京原路8号　　邮　　编：100040
网　　址：http://www.xinhuapub.com
经　　销：新华书店、新华出版社天猫旗舰店、京东旗舰店及各大网店
购书热线：010－63077122　　中国新闻书店购书热线：010－63072012

照　　排：六合方圆
印　　刷：北京明恒达印务有限公司

成品尺寸：150mm×230mm　1/16	
印　　张：24.5	字　　数：290千字
版　　次：2023年3月第一版	印　　次：2023年3月第一次印刷

书　　号：ISBN 978-7-5166-6759-0
定　　价：58.00元

版权专有，侵权必究。如有质量问题，请与出版社联系调换：010-63077124

诗的呈现

杨志学

诗的呈现，既是诗歌写作者面临的课题，同时也是诗歌编辑者要考虑的事情。对于前者而言，诗的呈现，体现的是诗人的灵感与修养，它决定着诗的质量；而对后者来说，诗的呈现则考验着编辑者的眼光、胸襟和能力，它或许会在一定程度上关系到作品能否传播以及传播的程度。

为了有效、有特点、有脉络、有层次地呈现 2022 年度中国新诗之美，本卷诗歌在编选体例和结构安排上还是颇费了一番心思的。虽然一首首诗歌是零散、孤立的，但每一滴晶莹剔透的水珠，我想都是可以映出太阳的，将它们集中到一起时，不应该仅仅是若干诗歌的简单地相加，而应该是在审美选择与观照的同时，还须有一种思想上和逻辑上的统领，这样呈现出来的时候，原本孤立散在的众多诗歌便不是一种随意的堆放，而体现出一种有机的整合。这样的整合，对于本年度诗歌创作的总体风貌，便具有了一定的概括力和说明性。基于如上考虑，我对 2022 年度中国新诗之美的呈现，理出了六个板块的结构脉络。这样的划分，我觉得大致可以概括 2022 年度中国新诗万花竞放、千姿百态的面貌。

第一辑开卷。开卷不能太多。考虑我们的选本正好走到了十二年，十二年也算是个节点，故而选取了十二位历届国家级新诗大奖（从最初的全国新诗奖到后来所演变而成的鲁迅文学奖诗歌奖）获得者。这十二位诗人的价值观和审美趣味各不相同，所以他们的文本呈现便也姿态不一、各有千秋。叶延滨最初曾以组诗《干妈》获得全国新诗奖，随后又以诗集《二重奏》再获此奖。本卷选本以叶延滨的诗歌作为开卷之首，不是没有考虑的。叶延滨入选本书的两首诗《壶口大美》和《老家临汾》，一写大自然之美，一写革命生涯之美。尤其是后者，写自己的父亲、母亲当年由不同路径奔赴临汾、"投身革命即为家"的人生选择，成就了作者另一重寻根意义上的"老家"。而且这首诗在取材内容上叙述生身父母，与作者早年诗歌的为干妈立传，又自然形成一种呼应关系。在风格上，我们看到叶延滨这两首新作朴实、简洁，看起来平淡，实则醇厚有味，真的是呈现出了像元好问评价陶渊明诗歌时所说的那样一种"豪华落尽见真淳"的境界。韩东的诗歌《很甜的果子》等二首还一如既往地延续着自己当年的语言风格，而西川的诗歌语言变化之大则让我们有点不敢相认了。武汉诗人田禾叙述"每天从我身边流过"的长江，依然是那样亲切、鲜活而有味道；而杭州诗人黄亚洲描绘远在东北边陲的长白山风情，又带给我们新奇陌生的艺术感受。大解、海男等另外七位获奖诗人也在2022年度向读者奉献了他们的精彩之作。

第二辑风范，相当于我们之前选本中的"名家"这一版块。这次在名称上略做改动，是为了淡化名家色彩。其实所谓的"名家"，所谓的"著名"与"不著名"，也不是由我们说了算的，而是由岁月和受众所决定的，它最终取决于诗歌文本的质量，当然与其传播路径与策略也并非没有关系。我们的选本也是一种传播路径，其中体现了我们的诗美选择和传播策略。"风范"这一辑值得关注的诗人诗作很多，如章德益的诗回忆边塞生活，重现了当年他作为新边塞诗一员骁将的艺术风采；而赵丽宏的一首思接千载、视通万里的《致未来》，则带给我们关于人生态度、生命赓续以及诗歌传承等多方面的体验与思考。更有吉狄马加、翟永明、张烨、李少君、陆健、梁晓明、梁鸿鹰、宗仁发、华万里、刘高贵、雨田、卢卫平、曲近、孙大梅、冯晏、阿毛、高旭旺、李自国、宗焕平、潘永翔等众多个性鲜明、成就斐然的诗人再一次向读者展现了他们的艺术风范。

第三辑童心。这一版块的诗歌，侧重于表现童真童趣，它包括但又绝不限于儿童诗。童心也即爱心、赤子之心，是对于诗歌本质的一种很好的揭示。让人没有想到的是，这次汇集来的2022年度发表的稿子，可以归入童心一类的诗作还真不少。我觉得这一辑的编排没准也可以成为我们选本的一个亮点。透过这一辑我们看到，从致力于儿童诗写作经年并颇有建树的高洪波、张庆和、高昌、王立春等人，到驰骋诗坛多年的谢克强、川美、盘妙彬、李以亮、唐德亮、王浩洪、赵兴高、柴立政、雁飞、远洋、肖雪涛等众多资深实力诗人，尽管他们视角不同、笔法各异，但都为我们呈现出了童心盎然、烂漫如花的生命体验和审美趣味。

第四辑劲旅。相当于之前的"实力方阵"版块。本辑以军旅、铁路、石油、冶金、电力、医疗卫生等各行业领域的代表性诗人为主，兼顾其他实力诗人。军旅诗人峭岩几十年创作生命不衰、越到后来越发健笔凌云的姿态确实令人赞叹称奇。而第广龙、赵克红、康桥、徐丽萍、冰风、齐冬平、毛子、梁积林、郭宗忠、陈群洲、郁笛、丁小炜、王小林、徐小华、张怀帆、袁雪蕾等各行业领域诗人，不仅仅是他们各自系统的诗歌领军人物，而且也是在全国诗坛上发出了自己响亮声音的诗人。

第五辑中坚，顾名思义是诗坛中坚力量的集中展现。这里不仅人数可观，关键是他们的厚积薄发，让我们看到了中国诗坛经久不衰、此起彼伏、蔚为壮观的活力。从彭惊宇、董进奎、温古、马启代、代薇、杨森君、叶舟、三色堇、杨梓、孤城、祝相宽、沙克、单永珍、高若虹、赵国培、田斌、吕游等一个个成绩突出、风格各异的诗人身上，我们看到了中国当代诗人扎实、沉稳、忠诚、勤勉的形象以及他们勇于探索的姿态。

第六辑青春，是本书的压卷部分，选取的是80后、90后诗人们的作品。像张二棍、冯娜、陈巨飞等青年诗人，不仅是参加过诗刊社青春诗会的诗人，而且也是靠个性鲜明的诗歌文本赢得了不少读者的诗人。诗歌的未来在青年，我们应对青年诗人的创作给予更多的关注，我们的年度诗歌选本今后也将持续加强这一版块的呈现，加大对青年诗人的推荐力度。我们的目的只有一个：为了中国诗歌拥有更加灿烂辉煌的未来！为此我们将不懈努力，我们愿尽我们的绵薄之力。

目录 | CONTENTS

一辑 开卷

二辑 风范

三辑　童心

目录

四辑　劲旅

五辑　中坚

目录

六辑　青春

一辑 开卷

壶口·临汾（二首）

叶延滨

壶口大美

壶口之美让我难以下笔
来一次夸一次
离开一次想一辈子——

当我走近壶口
那九十九条金黄的瀑布
如九十九条金鳞的蛟龙

我眯着眼迎这些天上来客
每一道飞泻的水
都是阳光凝成的金色脂乳

缕缕水丝中的阳光
就是女娲的飘飘长发
啊，这就是我的生身之地——

这黄土高原之土
这黄河壶口之水
融为我的血，变为我的骨！

老家临汾

这些年所有的出行都是旅行
只有到临汾的这一次叫回家

我问黄河，黄河也问我
转了九十九道的黄河问我
为啥说到临汾，你是回家？
我答黄河水，黄河也侧耳——

八十五年前一个学生娃
从四川北上到安塞当红军
从陕北东渡来到了临汾
延安派他进了抗日决死队
抗日决死队的家：临汾刘村

我问洪洞，洪洞大槐树
大槐树知天下中国人的家
大槐树问我，临汾是回家？
我答大槐树，枝叶都侧耳——

八十五年前一个女学生
从东北流亡到西安救亡会
八路军来招兵她报了名
风雨无阻她拼死要抗日
女生变女兵的家：临汾刘村

那个四川的小红军是我亲爹！
那东北流亡女学生是我亲妈！

黄河见证，大槐树也见证——

我的家，我的根：临汾刘村！

作者注：临汾刘村，八路军革命根据地，抗战国共合作时期也是山西青年抗日决死队驻地。我父母分别从四川和东北经不同方式来到刘庄，结成革命伴侣。补记说明。

（以上二首选自 2022 年 9 月 16 日《光明日报》）

很甜的果子（外一首）

韩 东

我吃到一个很甜的果子
第二个果子没有这个甜。
第三个也没有。
我很想吃到一个比很甜的果子还要甜的果子
于是把一筐果子全吃光了。

这件事发生在深夜
一觉醒来，拧亮台灯
一筐红果静静放光。
然后，果子消失
果核儿被埋进黑暗
那个比很甜的果子还要甜的果子
越发抽象。

（选自 2022 年 9 月 21 日《中国诗界》微信公众号）

奇 迹

门被一阵风吹开
或者被一只手推开。
只有阳光的时候
那门即使没锁也不会自动打开。
他进来的时候是这三者合一
推门、带着风，阳光同时泻入。

所以说他是亲切的人，是我想见到的人。

聊了些什么我不记得了
当时我们始终看向门外。
没有道路或车辆
只有一片海。难道说
他是从海上逆着阳光而来的吗？
他走了，留下一个进入的记忆。
他一直走进了我心里。

（选自 2022 年 11 月 27 日中华文艺网）

长白山的春雪

黄亚洲

我相信，春天很快就会把一些粉红的颜色
撒在长白山的雪坡上，就像
一个漂亮的蝴蝶结，落入少女的发髻
哦，春天一定会这样做的，因为她知道
长白山的白雪等了她整整一个秋天与一个冬天了
春天会带着桃花般的粉色，从山脚开始
一点一点爬升
长白山也会从小腿肚子开始，慢慢拉动自己
洁白的长裙
这是一种多么缓慢而又多么迷人的默契
长白山，你洁白的裙装怎么会那么漂亮呢
我就是乘着最早的那股暖风，来探望长白山的春雪的
我知道长白山即将换上七彩的时装
她一身的春雪，马上要化作山溪，为我
奏唱美人松、灵芝、黄芪、紫杉的乐章
我知道，长白山很想在这个春天拉我一道，做一些
有意义的事情
比如帮她撩起白色的长裙，扣紧
松鼠的纽扣，戴上
黄鹂的项圈
她要让自己拥有另外的一些颜色
然后，再在深秋，换回自己钟爱的那身洁白
与冬天的风，与冷峻，与高高的纬度，与巍峨的海拔
毫无愧色地站在一起

长白山，你是最善解人意的，你了解

我们习惯在盛夏，被一重又一重的松树托举着

一路登山，看望天池

我们也喜欢在严冬，去二道白河小镇观赏冰雕艺术

当然，我们也特别珍惜能在这个春天，欣赏

你跳最后的一曲白雪裙舞

看你纯洁的长裙，一寸接着一寸，化作

叮叮咚咚的溪流与山泉

哦，我就是乘着最早的那股暖风，来探望

长白山的春雪的

我为这一刻迷醉，为春雪的最后一刻的浪漫

为春雪的进入旋律的消融

就让我，在最后一刻，与长白山的春雪合个影吧

与这条美丽的长裙，舞蹈在一起吧

长白山，请你

不要拒绝我在你换装的时候，跟你

近距离在一起

我本是个多情的人，我最知道

祖国的哪条山脉，会最深情地哼唱

一首撩人心扉的

怀春歌曲

哦，那一刻

就让长白山的春雪带上我，一起

叮叮咚咚地融化吧

（选自《长白诗世界》2022 年第 1 期）

沉思天堂（外一首）

西　川

悲天悯人者
乐于将天堂
设想为穷人的地盘，
但那不是贫穷之地
而是有益灵魂的富足之地。
悲天悯人者所说的穷人
肯定不包括
贫穷到只剩下兽性的人。

如果天堂也需要管理者，
那他必是伟人：
他会拒绝其他伟人入内；
而其他伟人
只好去发动另一些穷人
去另辟天堂，
为此人间的争斗
此起彼伏。

我欲言又止

在已然过去的春天，花儿开放，似有话说，但什么也不说。
今晨，鸟儿说了些什么。我没听懂，只能感受鸟鸣之美。
野蛮的鸟鸣之美、野蛮不起来的鸟鸣之美、有文化的鸟鸣之美。
当我赞扬某人言辞优美我就是没听懂。这样的大实话我只说一遍。

当别人赞扬我的言辞优美，可能是在侮辱我的智力，

但侮辱我的智力并不一定非要赞扬我的言辞。对此，我欲言又止。

一颗流星为一个健康人而下。流星不知道，健康人也不知道。

一群人为他们自己载歌载舞，居然唱得舞得平庸又过瘾。

我欲言又止地看街上疾驰如着急投胎的车辆，反省我脱离生活的生活。

停下脚步，认真听，听见有人骂我，想骂回去，我欲言又止。

与他人改动我诗中的字句、删掉我的思想相比，这不算什么。

（以上二首选自《北京文学》2022 年第 9 期）

长江每天从我身边流过（外一首）

田　禾

长江每天从我身边流过
从我生活的这座城市匆匆流过
浩淼的江水把一座城市
三分天下：武昌、汉阳、汉口
还分出江南和江北
我的朋友从江北过来
淋湿在江南的烟雨中

江南涨水时，江北也在涨水
但江南下雨时，江北不一定下雨
而风是散漫的，一直从江南
吹向江北，或从江北吹向江南
只有下雪天，两岸的雪下得最均匀
只有江水日夜奔腾不息
我不知一滴水一生走了多少路
一江水到底养活了多少人

两岸的码头依旧拥挤
每天总有那么多人坐轮渡过江
在汉阳门一眼就望见江汉关的钟楼
像一座泊在岁月深处的古船
江水到这里似乎加快了它的流速
我远方的兄弟坐着一条长江
来看我，流水走过的过程

一辑　开卷

把整条江又丈量了一遍

水从唐古拉山脉流来，瞬间流走
我从来没看见它停下来歇脚

上河的月亮

上河的人造月亮
在黄昏，悄然升空
它与宇宙的那个月亮一样
像一条河流，从天上
挂下来，吐出月光
如吐出一座海洋

月亮升起，与山顶的桃花
交相辉映，山变矮了
月光点亮了水底
的河灯，河水从一座
拱桥的圆孔下流过
径直奔向大海

当天空的那个月亮出来
天上就有了两个月亮
它们都各自紧拧着天空
高高地照着大地和万物
两个月亮在半夜有一次重合
那时它们在相互地磨亮

（以上二首选自《人民文学》2022 年第 10 期）

三江叹月（外一首）

若不是腿短，我能追上月亮。
天空确实陡峭但也并非高不可攀。
在古宜镇，夜色有点虚幻，
灯火长出了绒毛，
而风雨桥闪闪发光，已经化为一道彩虹。
我喜欢走在天上，
但是月亮的右边最好别去，
那里的星星扎脚，而高处更空茫，
只有倒影在来往。
还不如走在江边，
起风的时候趁机飞起来，
我说的是灵魂，
不是肉身。
还不如对着月亮滔滔不绝，
把心里话全部说出而身边却空无一人。

徐州灯火

夜晚，徐州城灯火通明，
远近的楼房都在漏光，但有一个窗口
是黑的，一直黑，
仿佛光，死在了里面。

在对面楼上，

13

我死心眼儿地盯着这个
漆黑的窗口，并不为了什么。

我毫无目的。我无聊至极。
我就是想看个究竟。

就在我全神贯注时，
这个窗口突然亮了，明亮的光，
从里面喷涌而出，
由于猝不及防，
吓了我一跳。

这时，徐州城的灯火浩如烟海，
忽然包围了我，仿佛我
是一个专程来到世间盗火的人。

（以上二首选自《北京文学》2022年第5期）

伸往苹果树的手

海 男

伸往苹果树的手，从阴影过渡而来的手
囚徒的手，游历者的手，抚触过厨房中调味剂的手
最重要的是属于自己的手，终于轮回到了
这双手伸往苹果树的时辰，你知道的
黑梨树的叶枝是坚硬的，石榴树上有细小的刺
至于柑橘它们生长在热度的山坡上
还有草莓它们沿着田野缔结着嘴唇般的红并让你弯下腰
唯有苹果树是令人喜悦的，当然，所有果园里
都有百兽般的幻觉，给触力带来诱惑
当这双手伸往苹果树篱时，首先你已经看见了
枝头的红苹果，在所有果园中都有熔炼土
为我们的眼睛味蕾熔炼着除了苦难之外的甜酸味

苹果是甜的，甜味各异，一棵树上的苹果味道
就像你复述命运时从早至暮交换过的左手右手的关系

（选自 2022 年 2 月 2 日 "原乡诗刊" 公众号）

盐 工

车延高

看海，才知道
被太阳暴晒的是盐工

盐是太阳的汗滴，从他们黝黑的脸颊上滚落
又一粒一粒从海底打捞起来
眼睛已经熬出盐

不哭，泪也会喊痛
盐工习惯了，把心里那片苦海藏着，不让人看见

脊背躬着
上面是一片沉重的天
被云彩缝补过无数次

（选自《长江文艺》2022年第1期）

虫儿记

郁　葱

早春的时候有柳絮，有青绿，
还有虫子，各种各样的虫子，
钻进土里的和飞起来的，
它们都很小，小得可爱。
大概在天地之间，人不过如虫，
甚至比它们还微小还微弱，
有时我们留下一些文字，留下了声音，
仅仅不过像是虫子们身后的印痕。
那印痕没有多深，风一吹雨一遮就消失了，
那些肤浅的印记再也找不到，
留下的，未必比得了一夜长大的一棵浅草。
其实更愿意像一个小虫子，
冷而蛰居，暖遂萌动，
简单寻生活，清净伴日月，
不问尘世喧嚣，只见草绿草黄。
早晨看着虫子们在树丛中的那份从容，
就想，虫儿微不足道，
但它们未必没有大于我辈的心胸和满足。
或者蝶裳轻舞，或者草长莺飞，
如此，为人足矣，
为虫，亦足矣。
我曾经在某一个傍晚看到过人的脆弱，
风一吹，他就破碎。

（选自《诗刊》2022年2月号上半月刊）

勋 章

刘笑伟

黝黑的脸，白白的牙
这片黑，就是阳光
留给士兵的勋章

皲裂的手，有着锉刀一般的硬度
布满茧花的手，就是磨炼
留给士兵的勋章

导弹发射架，发出低沉的吼声
按动发射键的手指
突破大山的沉默
武器优美的弧线
就是天空留给士兵的勋章

每一个当过兵的人
我在人群中只看一眼
就可以认出
因为他的头发里有光，身子里有光
胸前有一枚亮闪闪的
别人看不到的东西

这就是岁月静好的和平
如此耀眼的勋章，就挂在
每一位士兵的胸前

（选自 2022 年 8 月 26 日中国诗歌网微信公众号）

去马尔康　途经汶川

娜　夜

在路边
坐下
……剧烈晃动的
在泪水中又晃了一次
爱我们的地球　它还保管着灵魂
上苍赞同
落下细雨
提篮子卖水果的妇女
站过来：都是自家院子里的
苹果　李子　葡萄　黄瓜
——她重新栽种的生活！
她不老
头发全白了
会在哪一刻……突然哀泣？

你篮子里的阳光多少钱一斤
她笑　继续问
她继续笑
笑声里有一座果园的欢喜

（选自《北京文学》2022 年第 10 期）

草 原

路 也

只身来到草原，什么也没有带
从空旷到空旷
地平线爱我

弱小的人，在大地上总是失败
抬起头仰起脸来
白云爱我

所有没有去过的地方，都是故乡
草木也需要量体裁衣
风爱我

弄丢了爱情
只剩下独自一人，越来越孤零
大片野花初开，一朵一朵，全都爱我

（选自《诗刊》2022年1月号上半月刊）

二辑　风范

边塞记忆（二首）

章德益

尼勒克记忆

残阳圆寂之后 最后的悲悯是

婆罗多努山顶 落日的余光

最高处的雪山是慈悲的佛

悲悯着 比一粒尘埃更小的村庄

晚归的牛羊 踏着暮烟的节奏归来

迷离的绿眼缠绵于潮湿的草香

澄明的宇宙 永在的时刻 万物的皈依

佛的明月啊 普照禅的雪山

宁 静

喀拉峻 黄昏的宁静

是云的宁静 山的宁静 余晖的宁静

是光的粒子轻轻击撞的宁静

是气流托稳住鹞鹰的翅膀 穿越

雪山大峡谷的宁静

是落日撩起它红衣法老的紫袍

涉渡特克斯河谷的宁静

是肺草的宁静 黑加仑的宁静 鹅冠草的宁静

是雪豹巡视雪线的宁静

是残阳微服私访小马驹的宁静

是村口一只小狗 把全部身体趴在爪子上

狂吠出 星空的宁静

（选自《诗天山》微信公众号 2022 年 12 月 15 日）

二辑 风范

致未来

赵丽宏

你是一个不断临近的神秘的陌生人
你是一个隐匿在云里雾里的幽深谜语
你从哪里向我走来？你是何方神圣？

不要说你离我遥远，其实你很近
推开门，射进屋里的第一缕光芒就是你
打开窗，吹在脸上的第一丝凉风就是你

不要说你离我很近，其实你很远
你是天边起伏缥缈时隐时现的地平线
你永远和我保持着若即若离的关系

此刻，你也许躲藏于一封没有开启的邮件
正在电脑的屏幕上闪烁着诡异的光芒
你是接连响着却还未被接听的电话铃声

你给过我多少梦幻般奇丽的期盼
我曾如蜜蜂面对花海想象你芬芳醉人的甜蜜
如麦粒藏身泥土期待你铺天盖地的金黄收成

你曾在睡梦中向我炫耀天地间所有的华彩
为我演奏比人间交响曲更绮丽悦耳的音乐
仙女们撒着鲜花在伸手可及的云中翩跹飘舞

梦醒时，寒风正敲打着闭锁的门窗
你变成了咆哮焦灼的入侵者迎面扑来
正准备以冬天突降的名义破窗而入

我不想用幻想美化你无法确定的容貌
你曾经一次又一次打碎人们对你的期冀
你善变，你静默，你活泼，你美艳，你狰狞

如果在阴云密布的黄昏迎候你
你拉开夜幕，展示出不见星月的漫漫长夜
你在黑暗中呼喊：等吧，黑夜过去是黎明

如果我是一只奔命于迁徙的大雁
你会轮番转演出绵绵春雨和漫天冬雪
敦促我永无休止地在北方和南方之间飞行

如果我是一片萧瑟秋风中的落叶
你会是无边无际的大地袒露着怀抱
以貌似温厚的沉寂准备陪伴我腐朽成泥

你说，你的抵达，就是历史的终结
如此结论让我生出难以纾解的疑问
历史是过去的存在，是难以摆脱的背影

谁相信世间会有真正终结的历史
我担忧人们曾经憎恶的旧日时光
会披上你的外衣大摇大摆重返现实

历史是过去的背影，是反照现在的镜子
你不就是一个锲而不舍的追求者

25

让人不断听见你一步步逼近历史的足音

我不迷信预言，我相信真诚和宽容
千百次天花乱坠的预言和许诺
不如一次不动声色的抵达和实现

尽管你没有对我做任何明确的承诺
为什么我还是一次又一次对你选择相信
这份信任，源自发自内心深处的善念

我曾在慵倦疲惫时听见你惊雷般的提醒
也曾在得意忘形时看见你讥诮冷静的眼神
我相信，我们会在适当的时候惊喜邂逅

2022 年秋日于四步斋

（选自《上海文学·第七届上海国际诗歌节特刊》，2022 年 11 月）

在塞尔维亚（二首）

吉狄马加

哈扎尔辞典里人
——写给米洛拉德·帕维奇[①]

在塞尔维亚的一个咖啡馆里

米洛拉德·帕维奇坐在我的对面。

我一直在问他，哈扎尔人最后去了哪里？

他却回答我，今天晚上他有

一个话剧要演出

一男一女两个演员。

到时候进入剧场时，男人坐一边

另一边当然就是女人。

哈扎尔人在哪里？

在不时被笑声和寂静交织的剧场，

我突然想到了那本时空倒错的辞典，

在虚拟面具的镜子中

坐在对面的帕维奇可能就是一个幻影，

他无法回答我的疑问。

也许哈扎尔人的骑手已经离我们越来越近，

但那个真实的答案却在一个词的深处，

渐渐地，又沉入了大海。

[①] 米洛拉德·帕维奇，生于1929年，塞尔维亚作家、诗人、翻译家，代表作《哈扎尔辞典》，2009年去世。

梦与现实的真实

——写给亡友莫玛·迪米奇①

我们坐在贝尔格莱德
一家露天酒吧喝着酒
前面是一座陈旧的桥
河水沉默地流淌着，如同
我们此时的心情。
语言有时候是多余的
这并非是交流造成的障碍，
一个下午我们就这样没有目的地坐着
喝着酒，看着眼前走过的人。
我们没有说一句话
这个城市并不富裕
但人的心态却是平和的
他们的眼神说明了一切。
还有一群灰色的鸽子悠闲地
在桌子的四周发出均匀的咕咕的叫声。
到傍晚了，城市的远处
落霞把我们所能看到的地方
都镀满了耀眼的金色。
这时，莫玛·迪米奇站了起来
他似乎是在示意我们离开
斜阳的余晖染红了他的卷发。
好多年了，这样的情景
已经变得越来越不真实，
而就在昨天我又梦见了我的诗人亡友，
他还坐在那里默默无言地喝着酒
他的额头和面部在阳光的
照射下清晰得令人吃惊，

我曾怀疑过这是不是

另一种现实的幻觉，而梦

告诉了我：不！这是真实。

① 莫玛·迪米奇，生于 1944 年，塞尔维亚诗人、小说家、剧作家，2013 年去世。

（以上二首选自《作家》2022 年第 11 期）

二辑·风范

灰烬会落在你我头上

翟永明

我们不知道灰烬会落在哪里
它有敏捷的翅膀　自由滑翔
没有约定　没有警报
也听不到任何声响
白色、轻盈、漫长　最终
灰烬会落在你我头上

我们不知道灰烬会飘向何方
属于它的不仅仅是白天的轨迹
一些失重之物也将它带至晚上
谁不想逃跑　谁不想带走家人
谁不想在灾难到来之前遁入地下
迅疾、御风、高速　最终
灰烬会落在你我肩上

我们不知道灰烬会汇聚什么形状？
会产生什么气流？它会低语吗？
还是寂静无声？　或是厉声咆哮？
它追赶我们的呼吸　哪怕我们
屏住呼吸　它也会钻进我们肌肉
摧毁中枢神经　使你麻痹
翻滚、舞动、摇曳　最终
灰烬会落在你我身上

我们不知道灰烬会在哪里终结

它铺天盖地 扶摇直上

在这世界上方膨胀、赛跑

没有选择 无差别对待

即使我们有 N95 口罩

即使我们有防毒面具 即使

我们有防空洞、地下室、冰箱

如影、随形、跟踪 最终

灰烬会落在你我头上

我们不知道灰烬何时消散

2000 朵蘑菇云全面开花

风把放射性沉降物带到世界

它遮挡了阳光 推搡着空气

缠绕着植物 鞭挞着动物

地球上再也找不着口出狂言的人物

曼妙、肃穆、精确 最终

灰烬会落在白茫茫大地上

（选自 2022 年 3 月 12 日《白夜谭》微信公众号）

二辑 风范

来雁塔之问（外一首）

李少君

万亩荷花，十里垂柳，随处竹林
如此风光遗产，还剩多少？

半池月色，一泓清水，数点蛙鸣
何等闲适心态，还余几分？

吟两句诗，抚一曲琴，养一夜心
这样的隐逸君子，还有几个？

情似湘江，顽如石鼓，固若衡岳
此等节操胸襟，当下何处可见？

年少时在南北各地行走，怀此疑问
现如今东洲岛上船山书院或可解惑

（选自 2022 年 8 月 31 日《北京诗局》诗歌公众号）

送 别
——致李叔同

送别
你把自己送到了寂静之地
悲欣交集，终归圆寂
你凡事认真

一刀一笔刻下的人生印迹

历历清晰，如一幅版画

从繁华落为枯寂，不过色相

你曾历尘世，遍居佛国

始终未能逃离孤独之境

一世为孤独世，一国乃孤独国

芒鞋青衫竹杖，一人是孤独行者

（选自 2022 年 9 月 9 日《北京诗局》诗歌公众号）

二辑 风范

但音乐从骨头里响起（外一首）

梁晓明

从骨头里升起的音乐让我飞翔，让我
高空的眼睛看到大街上
到处是我摔碎的家
我被门槛的纽扣限制
我不能说话，我开口就倒下无数篱笆！
我只能站着不动
时间纷纷从头发上飞走
我当然爱惜自己的生命，我当然
愿意一柄铁扇把我的
星星从黑夜扇空
这样我就开始谦卑、细小，可以
被任何人装进衣袋
乐观地带走
但音乐从骨头里响起， 太阳
我在上下两排并紧的牙齿上熠熠发光
我只能和头发并肩飞翔！我只能朝外
伸出一只手
像一场暴雨我暂时摸一下人类的家

办公的时候

朋友送给我一只小镜框
一美国姑娘在草地上喂马
阳光下她二片嘴唇张得很开

阳光在她的皮肤里走动

她穿着一条很小的背心

把肉露出来一直达到很高的地方

马头像红色的英雄向她靠近

把耳朵蹭在她挺起的小腹上

马的眼睛注视着她的腿

马的另一只眼睛注视着她的裤子

美国姑娘拥抱着马头

那红色的马头像一个英雄

草地铺开默默无言

那是一个下午默默无言

二十三岁的一个下午

照相镜框在我的桌子上

在我右手靠前的地方

美国姑娘在那里微笑

在美国的一座草场上喂马

（以上二首选自《作家》2022 年 2 月号）

不放过（外一首）

再无所事事也要
大口大口吸气
把一百吨当成一斤半
吸进去吐出来
不在意是否即将消失

再手足无措也要
一圈圈走路
从随大流到独自一人
盼一天晴朗
让午时三刻浮云闲置

再浑浑噩噩也要
惦记牙
饭后仔细刷
定期求不同脾气大夫清洗
吃饭睡觉不露真面目

再不心甘情愿也要
睡个饱觉
在梦里操心别人摔倒
为邻家屋顶漏雨捏把汗
把吃苦当尝到甜头

中
国
年
度
优
秀
诗
歌
2022
卷

同 时

同时发誓言
有人陷于泥潭
有人找到绣花鞋

同时放羊
有人收集史诗
有人躲避大佛说教

同时就餐
有人嗅探妩媚
有人乐看人间是非

同时失误
有人忍住巧笑
有人采一束芳草赠予仇家

同时疾走
有人心跳坦荡
有人大服三七仍然气喘

同时忘却
有人借助酒力
有人在半刀纸上垒起长城一角

（以上二首选自《边疆文学》2022 年第 8 期）

二辑 风范

叶落武夷路（外一首）

张　烨

十一月告别曲在武夷路上空回响
落叶对树的感恩
落叶对树的留恋
小雪旋着强冷空气进入申城
已经可以宁静地面对一切了
生命的碎片散落在冷时光
铺成地面金黄的底色
再渺小再绵薄也有灵魂的重量
行人小心翼翼
生怕踩痛了美
鸟儿飞过带着审美的姿态
啁啾的钻石一粒粒滴落
对一片枯萎的珍爱
还有哪条路比得上武夷路
人们将落叶串联成一道道阳光
悬挂在家，悬挂在墙，悬挂在马路中央
金燕翩舞，金瀑飞泻，金风热辣辣扑面
一幅落叶手绣
一只含着落叶饰面的咖啡杯
每一片落叶散发着武夷路的气质与温度
更幸运的落叶
被艺术家做成叶雕
一辆马车、沙漠骆驼、一株小小的花
在艺术中得到永恒

多像一个轮回

生命重启

在武夷路一片落叶

如同一个人的命运有着无限可能

（选自《北方文学》2022 年第 5 期）

苹果绿连衣裙

记得九岁那年

我从浙江回到上海的家

我给乡下祖父母写信

亲爱的爷爷奶奶

我的母亲很善良

像你们一样爱帮助穷苦人

她比七仙女还好看呢

穿着苹果绿连衣裙

漾起一阵阵清香

总让我想起家乡，风中的麦浪

一想起麦浪，我的眼圈便红红的了

如今，无论我走在哪里

只要眼前飘起苹果绿连衣裙

我都会驻足出神

风吹麦浪笑盈盈

漾起一阵阵清香

妈妈的仙姿从麦浪升起

翩然逸来

（选自《星星·诗歌原创》2022 年第 5 期）

又一次跌入自己的深渊（外一首）

陆　健

早起晒被褥

把夜的皮屑拍掉

我的影子从晾衣绳上悄然而落

我要把"我"从今天里抠下来

让你们和他们布满大街

远处的山水寄情于自己

波涛用头颅走路

天鹅的黑蹼在水的脊背上划过

望着天鹅眼中的淡定

你就知道高孤的那颗星

白日里待在什么地方

她想说，谁的膝盖

都不比别人的肩膀高

巨石有时比羽毛轻

年迈者伸出的手掌间

疯长着热烈的草

他虽然没抓住什么

却在期待着什么

我的心忽然狂跳如正午的鼓点

我又一次跌入了自己的深渊

地上的稻米，天上的星子

——感念袁隆平老人

如今你已倒下在

突然开裂的初夏

倒在因沉重而略略弯曲的丰收中

时间的一个醒目刻度

稻米的影子，覆盖你身躯

父亲般的——你在那儿

夜以继日，抚平一茬茬岁月

蹲坐在田畴，跪伏在垄沟

像一块泥土，隐身在广阔的泥土之间

内心贮满强大的宁静。你

直起腰，站起来想休息一会儿

的时候，你倒下了

夜，压迫着双肩，越来越低

白日，被一种力量持续扩放

天上的星子，地上的稻米

饥饿的版图宽阔于稻米的版图

在这世界，在黄皮肤

白皮肤、棕色皮肤的人群里

那双手合十包裹着生存的形状

是心脏的形状，谷仓的形状

你蹲坐在稻禾中跪坐在稻禾中

是祝愿，是绵绵不绝的救赎无声

你捧来的

使徒般的稻米，英雄般的稻米

拼力长高着，加持了你何等的信念？

这世上小也小不过、大也大不过的稻米

（以上二首选自《诗林》2022 年第 2 期）

二辑 风范

41

茅台壬寅年端午大典

宗仁发

赤水河的灵感

来自彩云之南

一路上挟风带雨

裹泥含沙

卷石起浪

桫椤从容地繁衍生息

黄芩和凤仙花

开得格外妖冶

潮湿会合闷热

演变成悬而未决

构树的聚花果

酿成一段旅游史

汉武帝当了形象大使

拐枣子

被关进语言学的牢笼

麦子成熟之时

一反常态

为自己一生的卑微而后悔

祈盼一场狂欢可以拯救

那些记忆中的耻辱

而沉默不走向爆发

再修饰也掩盖不了胆怯与懦弱

上天于端午降下契机

把麦子送上

用砖石铺就的涅槃路

被命名为酒曲的时候

它就诀别了平凡

也不必只在土地上周而复始

颠覆者先要颠覆自己的过去

无边无际的红高粱在沉睡中

谛听到召唤

一翻身把梦境交给水和火重新赋形

顺着时针的方向旋转

不如意却总是接踵而至

这世上有什么东西能让时间弯曲

圆满储蓄在山洞之中

杯中之物如女娲所炼五色石

漏洞尽可弥合

仙境诞生

大洋彼岸

拉斯维加斯传来的叮叮咚咚

使侵蚀内华达的沙尘暴

无影无踪

每一场游戏都不可复制

煮酒论英雄

推杯换盏　太极运动

口吃者酒过三巡也能妙语连珠

各种边界形同虚设

宿醉醒来

一只鸡扑腾着昨夜的翅膀

仍是不会飞翔

二辑 风范

冷 泉

潇 潇

我落在人群最后，喧嚣渐渐走远
享受独自一个人
坐在一块火山石的黑色上

许多执念像浮石的空洞
人世间争斗的死皮
终将被时间的鱼儿吃掉

我捧起冷泉，嘴里咀嚼着
数万年流淌的时光

从牙缝到喉咙到心肝
到阳光散漫的回甜，沁入肺腑
哦，久违了
这多么像自由的味道

（选自 2022 年 11 月 28 日《南方诗歌》公众号）

但那不一样的是

蓝蓝

但那不一样的是：
生活在水底的人们应该浮上来
换气，沉浸于靡靡之音，
继续相信爱即使你能听到
鞭子在窗外啸叫；

坚持在波浪上种一片水稻，
用阳光的影子画生活的草图；

应该不只是吐泡泡，哪怕
被迫待在沉船里——用各种方式说话：

发明新的拼音，新的苏美尔语，
新的甲骨文——在纸上
大脑的意识屏幕上。爬上奥德修斯的船
在甲板上跳舞，用船桨
推开五亿万吨黑暗的压力。

或者至少，抱紧内心的伤口，
在沉默里分泌你幽亮的珍珠。

（选自 2022 年 11 月 5 日"无限事"公号）

二辑 风范

我的母亲（外一首）

华万里

我的母亲，坐着马车走了，被扬为一阵尘埃
那是一个多梧桐花的夜晚，我的母亲
淡紫淡紫地死去，自缢的绳上，打满了月光的结
我的母亲，很空，很干净，她承受不了
生活的重和男人的脏
满坡的野花哭了六十多年了
我的母亲，肯定
回不来了，草根中有她白发苦涩的香
我只在梦里，一遍一遍地做她的儿子
在梦中一遍又一遍地痛嚎
像石头在风中翻滚
而今梧桐花又多了起来，多得满院都是
我又看见母亲了
她在花间，淡紫淡紫地闪烁，或者轻轻地摇曳

触 及

我的手，触及落日的面庞
那老妇人般
苍凉
透骨的冷，让我肃然起敬
哑默如鸦

（以上二首选自《诗歌周刊》2022 年 7 月第 501 期）

送　行（外一首）

曹　旭

老式的绿皮火车
"吭哧——吭哧"地开动了
每一次有节奏的停顿
都摄下一个对视的窗口
你明亮的眼睛
在火车越来越快的歌唱里
被曳成一条
泪水的光带

船鸣笛起航时
郁闷的天下雨了
天舍不得你走
但是挽留不住
我朝船后的水面
呆呆地看着
只见圈圈的涟漪
满河都是我送行的眼睛

酸枣

因为没有甜枣
祖母栽下酸枣
而故乡围墙的隙地
正适合枣的吝啬

枣虽然一辈子

瘦硬节俭

但成熟时

鸟飞来蹭去

枣也会奢华地

落一地红色的陨星

长在贫瘠土地上的酸枣

是嫁到三星村来的女人

祖母刚嫁来的羞涩

是枣花纯朴的微笑

祖母在枣树上

拉一根长绳

在花间晾衣

教我在树下读书

但我不喜欢读书

我喜欢捡地上

蚂蚁爬过的枣

把枣肉吃完

把枣核扔过墙去

听邻墙外

鸟儿骂我的声音

一杆杆打枣

一年年光阴

祖母长眠地下

枣树上结满

我红红的思念

（选自 2022 年 12 月 6 日《六朝云》微信公众号）

外省来客（外一首）

刘高贵

雨夜　我们把盏对坐

不谈河南　也不谈陕西

就着窗外细微的雨丝

竟漫不经心地谈起了

天山的积雪和撒哈拉的落日

当话题由宇宙洪荒

转到外星文明时

彼此忍不住对视了一眼

随后便郑重其事地

碰了一下酒杯

是该干上一杯啊　我的兄弟

身外的世界如此浩大

这个雨夜　和我相对而坐的

却只有你

人在平原

我曾一次次踮起脚尖

想让自己的海拔高上一些

明明知道没有双翼

却一心想飞

一次又一次

二辑　风范

总想能让这颗心高过屋檐

有长者提示　这世界总归有人懂你
可叹的是　我居然信了
然后总在路上走来走去的
把每一阵风都当成一个寓言

在河南　平原之上
晴天总是比阴天要多一些
像我一样有心没肝的家伙
出门之时　尽可以不备箬笠和雨伞

其实　雨还是有的
就算不期而至　那也没啥
大不了暂避于某个长亭或短亭
把一次等待变成一种机缘

人世这所谓的悲欢
皆是由心而生由心而终
这可以解释　我中年之后的那些梦
为何聚也从容散也坦然

（以上二首选自《大河诗歌》2022 年春之卷）

灯与夜（外一首）

高旭旺

生活中，人啊
习惯性，能看到
灯与夜的遭遇

节点处，灯
亮的时候。夜
就黑了
日子久了，人去问天
是先有灯
还是先有夜？

这时候，我想起了
老子著《道德经》，有一句
名言，叫知白守黑

破碎辞

有一种深刻叫正反两面。寸草
与闲花上的露珠，清润，玲珑
太阳出来了，它
破碎了

这时候，太阳的背后。草
在返青。花在绽放

二辑 风范

比如，有一块玻璃

掉到石头上。破碎了。光

推着碎片，微微地，熠熠地

义无反顾地打开内心。放大

展示、闪烁，甚至

赤裸裸地坚守。还原

又比如，一粒一粒盐。纯晶

生涩。用瓷碗的底部

一次次碾压。它破碎了

把粉末撒在流血的伤口上。顷刻

一个动词，疼

从刮骨上越过。疯狂地

大喊大叫

日子久了，伤口的愈合

与盐一样，透明、敞亮、干净

（以上二首选自《中国作家·文学版》2022 年第 6 期）

没有月亮的中秋之夜（外一首）

雨　田

冷如白骨的月亮　你在今夜隐藏在哪里
不知为什么　我的整个白天都是神魂颠倒
此刻　再怎么优雅的热度也无法掩盖
我内心深处的忧伤　我的血已经变冷

独自一人静坐　没有酒　比酒更烫人的思念
如一颗生锈的铁钉扎进我的骨头　今夜
举着杯盏的人又是谁　又是谁在我疼痛的伤口
洒上了一把盐　而我心中的月亮今夜已在远方

无边的思念抵挡不了无边的孤独　只有死亡
在缓缓地逼近我　也许我过多地去想念一个人
就是悲哀　想到这一切　我更加悲伤
如果可能的话　我独自一人试图隐身而去……

（选自《作家》2022年2期）

花的私语

我从黑暗中醒来　看见樱花　海棠和杜鹃
在时间的制高点上　构成了花的世界　也许我的前世
就与它们有着一种难以舍弃的关系　我知道它们
开花　结果　然后凋零　来年时长出新芽
它们真的用谦卑的气息昭示着一切　它们的生命

二辑　风范

像春天的火焰　照亮了我阴暗多时的灵魂

谁在春天更具有诱惑　谁又在用尊严开始怀念
那份破土而出的痛与疼　也许是这样　当乌鸦
与鸽子的翅膀降低了天空时　自由难以言说

尖锐的春天花朵绽放　谁的骨头成为时代的风景
仿佛一条深沉的河流正穿过我的身体　我一次次
将自己控制住　不去责怪残酷的现实　苦难
本来就是我的一笔财富　就像花的命运　必须经过
寒冷的冬天　它们的姿态才有自己独特的风骨
世界上爱的力量和生命的存在　都与人的信仰有关

此刻　我的心灵没有阴影　与春天同步　又独自
在桃花丛中低语　其实光明并非是用肉眼看见
春风掠过晴朗的天空　作为诗人的我为什么要沉默呢

是的　在这样花开的季节里　我如此喜悦地充满圣灵
有些记忆的确不能忘怀　但是坏日子已经过去
让我再构想一个立体的春天吧　就此向往爱的力量
并承受无尽的相思　或许我该敞开心扉　让春天
住进来　让春天里所有的花朵从深重的黑暗
步入光明　别让我坚硬的内心被切割成残破的碎片

（选自《花城》2022年第5期）

孤寂的星辰

李自国

沙漠已老，戈壁已旧
只有一路结伴而行的
这轮旭日是崭新的

天穹，竖着一只耳朵
聆听我随手翻出的一本诗集
谁在念天地之悠悠
谁又独怆然而涕下
一阵紧一阵的驼铃声
摇醒一片远古大海的蓝

我不是大漠里的商旅
追逐地平线，抬头仰望
那一颗颗孤寂的星辰
我已认命，这只倒扣的酒杯
涌出一抹霓虹，守护月亮女神
狐疑不定，漂泊不定

（选自《飞天》2022 年第 12 期）

围墙脚下的树

卢卫平

我在围墙脚下，栽下这棵树时
这棵树还是一棵幼苗
比我低矮瘦弱
我知道我不会高过围墙
但这棵树会高过围墙
树上的鸟窝会高过围墙
鸟会在树顶上飞翔
没人告诉我
围墙是什么时候建造的
围墙上的青苔
掩遮了建造围墙的真材实料
我在围墙内一次次摔倒
而围墙纹丝不动
多少年过去了，我从未想过
围墙会倾斜甚至会坍塌
直到有人在暴雨中大喊
围墙垮塌了
我才从这棵树裸露的根须
知道这棵树从我栽下的那天起
就在暗中用自己的根
从大地吸收所有的力量
拱动古老的围墙

（选自《作家》2022 年第 7 期）

秋天似一把快乐的刀子（外一首）

孙大梅

人们在秋天看见的喜悦
一部分悬在高处
一部分深藏在地下
它们在秋风中急于回到大地
雨带来了它们心里的升降平衡
土豆花用夺人眼目的花朵
引来了秋天最后的火焰：蝴蝶
它盛开了，有高贵的紫色
万物纷纷献出自己的果实
秋天在收藏也在失落
秋天似一把快乐的刀子

一片片驱走寂寞的小扇

蝉鸣又在我的耳边响起时
将开始燥热的天气燥得更热
在无数棵伞状的树上
纵然我们会想起海风，河流
以及驱走热浪的雨水
当我知道，你们为迎来一个美好
短暂的夏天
蛰伏过地狱般漫长的黑色时间
这世上最伟大的事物，莫过于
在无声的世界里和黑暗绑在一起

二辑 风范

我会记住你，盛夏里送来一片片

驱走寂寞的小扇

（以上二首选自 2022 年 9 月 14 日《中国诗歌》公众号）

水墨烟雨（外一首）

曲　近

怀念曾经的水墨烟雨

在故乡，高坎与低处

天地，铺开湿漉漉的宣纸

水墨中国，从点线开始

借眼角的余光作镇纸

紧紧压住，免得纸角翘起

构图布景，错落有致

人人，皆融入其中

移动的蓑衣、斗笠

远山近水及周边物体

水与墨，难分彼此

紧紧抱着，自浓重开始

一点点晕染，洇开，淡化

恰至浓淡相宜处

收笔

一幅水墨烟雨

成为绝妙写意

目光追随着景色

烟雨濛濛，或动或静

风声、雨声、流水声

声声入耳，入心

入诗情画意里的情境

与我的心跳合辙押韵

跳出现实，在这幅画里

二辑　风范

仔细寻找，直到天黑

也不能确定

哪一缕墨色，属于我

中药铺

中规中矩，包浆厚重的药柜

是一部线装的

散发着药香的《本草纲目》

每一格小小的抽屉里

装着一页详细的药理

中药铺，如军营

驻扎着千军万马

锃亮着斧钺剑戟

只待一纸处方的命令

调兵遣将，快速出击

目标是潜入肌体伺机作乱的阴谋

缓释风湿毒火制造的痛苦

解救倍受煎熬的灵肉

脱离苦海，回归健康

经过煎熬的本草精华

褐色的药汤展开了救赎

被风湿毒火侵蚀的骨肉经脉

逃过一劫，恢复了元气

（以上二首选自《星星·诗歌原创》2022 年第 7 期）

水田营村（外一首）

高金光

有两个名叫水田营的村庄

一个在淅川，深埋在我的血管里
一个在唐河，牵挂在我的心脏里

深埋在血管里的，已被连根拔起
牵挂在心脏里的，已东移三百里

我的童年少年，如今化为丹江的浪花
我的老年暮年，好在还有灵魂的寄托

回唐河

每一次回唐河
总感觉是在走亲戚

经过的村庄
一个比一个陌生
看到的人群
没有一个熟悉

眼前的土坡似曾相识
又分明隔着微小的距离
坡上的庄稼看似繁茂

二辑 风范

61

又分明少点家乡的气息

想见初中时候的同学
西去半个南阳喊他不应
想找高中时候的朋友
家在丹江上游云里雾里

走走小时候的亲戚吧
亲戚就是眼前的亲人
孤零零站在院里的父亲
隔着墙和父亲搭话的邻居

（以上二首选自《星星》2022 年 8 月号）

听音乐（外一首）

冯　晏

我听斯特拉文斯基的《春之祭》
像被钳子砸开的核桃，抑或盘旋的龙
我听加里·朱尔斯翻唱《疯狂世界》
呼吸是挡在被撬之锁周围的铁锈
我听老科恩唱《我的秘密生活》时
仿佛住进他的麦克风，也听《哈里路亚》
我听埃尔顿·约翰的《悲伤情歌》
梦躲进墙体内的衣柜，毛衣在叠我
的确，我还没有脱掉身体上的晚秋
我听日出，火的发源地在东方点燃我的血
我清晨开车，新闻在广播里快闪
痛总是比愉快更持久，一些词扎进指尖

遇见蚯蚓

你的位置在平面上挖土，遇见蚯蚓
红油油的。继续挖，那颗金星
每晚都朝你的脑洞挖上一锹
一些从半空嵌入地球深层的植物
藏有你的根茎、叶脉，一袋蓝花籽
南半球放出的黑蝴蝶傍晚到达你的阳台
你正接电话，撕掉嘴上封条
像玻璃背后有人煎鱼，夜空砰地裂开

（以上二首选自《作家》2022年第10期）

二辑　风范

思想者的居家日

阿　毛

待得最久的地方
当是睡床、书房
其次是厨房
不对，待得最久的地方
其实是阳台
鸟也是如此
把更多的时间花在阳台上而不是树上
它们啄过指甲花
又啄过丝兰草
更多时候是和沉默的植物对视
眼光中
空气里
波纹、脉络、伦理
哀歌，或赞美诗
一天，又一天
你也如此
而巢，而巢是十万只蚂蚁的工地

（选自《特区文学·诗》2022 年 10 月号）

对牛弹琴（外一首）

宗焕平

我坚信，弹琴的一定是一位
孤独而执着的音乐爱好者
喜欢吟风弄月，却难觅知音
他这么做，绝不是因为愚蠢
而是怀有面壁的勇气
和破壁的耐心与隐忍
愿意用尖利的矛，刺坚硬的盾

敢于对牛弹琴的人
一定也敢于面对任何事物弹琴
空无一物时，他甚至
可以对着自己的影子自弹自吟
琴是他的命门
他弹琴实际上是修行，是修身
是渡己，也是渡人

对牛弹琴的，一定是一位
隐于野的智者，或者哲人
他有一颗强大而恻隐的心
他在用琴声拯救深重而苦难的灵魂

菩萨

菩萨从来不开口说话

二辑 风范

菩萨从来不承诺，不拒绝
也不应答
无论众生给他上香，作揖
还是磕头——
有什么愿望和乞求
它都始终慈眉善目，一言不发

所以自古至今
它身边总不缺前来叩拜的人

（以上二首选自《新华诗叶》2022年秋冬季合刊）

盲　道（外一首）

王杰平

我发现自己站在盲道上
引导砖是条形的　笔直延长
像某种好看的路

索性闭上眼睛
用脚揣测着前行　左右晃动的手
像不像一次表决？

我原本有一双能睁开春天的眼睛
天空湛蓝　江河婉转　情人美丽

或许正是这样
我乐意做一会盲人　我看不见时
道路还在　地球继续旋转

盲道亦有道
如同白天与夜晚
相对与绝对　批评与自我批评

我爱这个年代
因为可以看见

献　诗

我爱山水

二辑　风范

古训和一些字画　前朝的灯火
长衫里的骨骼

我爱传说中的轻功
云朵上的打斗　成人的调皮

我爱 36°C 的自由　我为它撒谎
再用另一个掩盖
泪水浑浊

纯洁的想象力
属于九岁的儿子：
鳐鱼是水中的蝴蝶
星星是天上的窟窿

邻家小妹长大了
同时代的兄弟白了头
山涧溪水的声音
是我想听你说的某句话

我还必须爱自己是个吃货
发胖就是发笑　制造笑声
相当传递福音

中年之后　我爱这样一支笔：
知道怎样拿起　又放下自己

（以上二首选自《作家》2022 年第 4 期）

词的清亮

雪　迪

如果土地生长
太阳是一只含金的钟
我们想着爱，在疲倦中
走动。如果太阳

是只钟，纯金的钟
河流是回家的犟孩子
我们每天等家人的信
数着年头。如果河流

是犯拧的孩子
在不是家园的泥土里
较劲的一群孩子
我凝视上升的黄瘦的月亮

银下面转弯的麦田
听见对称的钟声
远处的大地，在黑暗里
朝向我，突然一跃

（选自网刊《美洲文化之声》2022 年 10 月号）

二辑　风范

浅时光（外一首）

北　乔

风雨已经离去，下一次的
雷电还在赶来的路上，在远方
小鸟的叫声隐隐约约，如同
夜晚月光很好时的星星
树叶在阳光中重新现出优雅

草地上，刚刚厮打喊叫的两个孩子
趴在地上看蚂蚁搬家
一只白色的小猫，追着自己的尾巴转圈
摊开的书，与身体一样慵懒
桥上的人不是在等待，只是看桥落在水里的影子

夜里的梦骑着阳光而来
时间与心跳一起被温柔地放逐
大海上的一叶小舟，像羽毛一样飘逸
头脑里的呼啸，依偎在清晨的码头
控制好呼吸，别惊扰窗前一白一灰的两只鸽子

（选自《诗刊》2022年8月号上半月刊）

等待羊群过路的时间

一群羊不紧不慢
窄窄的山路顿时宽敞

不要问为什么
生活就是如此经不住追问
注视，或感受，就好
如果愿意
路上的这群羊就是你我的童年

两座山，或无数座山
牵着一条路，宛如峡谷
人类从一个结果走向另一个结果

羊打断这过程的连续
不安分的灵魂停住脚步
这是没有草的草场
羊可能是这么认为的，一定是
就是这群羊，让世界彻底沉默

头羊低头吃草，不过问路上的羊
嬉闹，或伏下身子休息加思考
等待的人眼里只有洁白的石头
急于赶路走出大山
只是人类的事情
羊的生活里从来就不需要路

（选自《诗歌月刊》2022 年第 12 期）

山羊与人（二首）

杨柏榕

山 羊

犄角硬长而尖利
独自觅食于山脚的草地
身后，较远的距离
有它成群的姐妹兄弟
原来，它在警惕着山兽的突然来袭
靠着机智勇敢
曾经多少次戳穿过狼喉豹皮
让羊群躲过灾难
而它身上布满了伤痕
那是它战胜山兽的徽记

现在已有些腿软疲倦
但它没有胆怯
它知道，不远的将来
牺牲的就是自己
但它意志坚定
届时会将野兽引到崖边
用最后的力量
像抛石那样撞击
身体和野兽一起坠地
灵魂像雄鹰展翅飞起

圆 满

假如明天撒手人寰，
你将如何度过今天？
人生变幻无常
谁能把死亡准确预见？
生前多少东西
都是身后的麻烦
如果留下一堆纠缠
死了，恐怕也难心安

不要被长眠吓住
生命再长也是短暂
一旦死亡降临，瞬间就是永远
纵有许多未尽之事
一切终究是过眼云烟

生命的最后一天
最想手不释卷
世间的知识和真理
死前一分钟也想勘探
生是偶然，死乃必然
人生价值不会按寿命长短计算

面对死亡不能坦然
那才真叫可怜
以每天都是最后一天的心态
快乐生活，实现心愿
想干的事尽快干
这样的人生就是圆满

（以上二首选自 2022 年 12 月 4 日中华文艺网）

二辑 风范

黑夜的墓地

唐 诗

黑夜的墓地，风吹着，仿佛
我听惯了的文字，叮当作响

笼罩在坟上的刺梨花
隐隐约约地白，好像残雪

我想象，墓中的人
一定还没有沉睡，一定还很明亮
因为他从不畏惧黑暗
内心，有一盏永不熄灭的灯

因为，他是诗人，满脑的文字
都是星斗

何况，刻在碑上的名字，有月光照耀
还有摆放在墓前的白玫瑰

像他喜欢过的
纯洁的人

黑夜的墓地，风吹着，我真希望这位朋友
翻身而起

（选自《国际诗歌》网刊 2022 年 7 月号）

写给一台拖拉机

马淑琴

一头牛的梦，从衰老的旅途
脱缰，将魂与韧力
植入你的钢筋铁骨

剪影如此生动
从地平线的尽头启航，载着
太阳的第一缕辉光

轰鸣踏着响亮的节拍
读成郑重的宣言
大地涌出泥浪
汇成滔天的春潮
紧闭的心扉也一同敞开
连同深藏万古的潜力
让激动和战栗
拥抱所有如歌的跃动
嫁接动词和名词，长成拓的符号
让季节拓展季节，让季节孕育季节
蕴出风景与图腾
每一个步伐，都汇入时代的鼓点
所有的旋律
都和着那曲深情高亢的
东方红

（选自 2022 年 11 月 5 日《农民日报》）

二辑 风范

通 过（外一首）

潘永翔

似乎所有的机缘

都是为那天准备的

所有的风停止

命运顺着来路毫不迟疑

时间宽恕了一切

包括死亡和恩怨

书与书之间

树与树之间

有一道门

让那一道光

透过来

然后

又收走

迷 失

树还在

鸟换了一群又一群

风走了

又旋回来

是要看看树的

变化吗？

云在高处

树叶无法抵达

鸟只能穿越

又飞回来

在树与树

草与草之间

脚印始终无法表达明确的方向

一个人迷失在森林里

即使在这么干净明亮的天空下

或者天堂里

依旧会有失望和失败

（以上二首选自《天津文学》2022 年第 3 期）

二辑 风范

远眺一朵云

亚　楠

那时，我站在鹰旋峰清幽的

暮色里

远眺一朵云自由舒卷

就仿佛在回想一段陈年旧事

但我也只是

在光线最明亮的那一刻看见了

天幕上

依稀可辨的远古图腾

世事仍旧变幻莫测

我曾经看到过一朵云被风吹远

被一只无形的手

撕碎，抛撒

如银屑般落在了湖面上

而湖水幽深莫测。一种不可知的

神秘力量

正改变着云朵的走向

（选自《鸭绿江》2022 年第 9 期）

每一个早晨都不同一般

罗　巴

每一个早晨都不同一般
或者初阳打开鹊鸟的双翅
或者细密的雨水
淋湿了我的故乡，房屋
如同父亲，坚守在花朵之下
土地低语的声线里
他曾经双手沾满泥土
后来，他选择被泥土围困
他沉睡在泥土深处

我爱这故乡，是由于
我爱这里的自己，群星闪耀
有一种力量将花，从内部撑开
黑暗被释放，在庄稼的边缘
泪珠之后，万物在晨光中沉默

时间很慢　仿佛忘记了人间
同时也忘记　让父亲们醒来
所有的孩子，最后都被遗弃在世上
每一个早晨都不同一般

今天也不例外。今天七点
我不知道为什么，坐在故乡的门前
想起父亲　又一次

（选自《深圳诗歌》2021-2022卷）

二辑　风范

油菜花开了（外一首）

吴重生

油菜花开了

春天的锅盖也就掀开了

山水氤氲，是地火在升腾

所有的故事都在蒸煮

部分情节被熔断

故乡的色彩如此金黄

它贴近我的胸膛

炽热、温暖、多情

天空是一切往事的底色

为了迎接春天

故乡被还原到一片原野

我站在金黄的尽头

举目仰望

炊烟在记忆里飘来飘去

油菜花开了

我苦思冥想自己的归期

花香填满了我所有的想象空间

青天藏在人间的印信

白鹭，是青天藏在人间的印信

它飞翔的时候

线条像线条，天空像天空

所有的水草都不愿匍匐

月色已升腾为白雾
白鹭的优雅史书里没有记载
它飞翔的地方都是江南
杏花离此仅十丈之遥

白鹭，所有的人都在盼望
你飞入我铺展的宣纸中央
书房靠北，有茶水氤氲
青瓷茶杯按序排列

你，钤住春风又绿的江南岸
把我的梦境定格为少年

（以上二首选自诗集《太阳被人围观》，作家出版社2022年9月）

二辑　风范

异国雪和故乡拖拉机（二首）

杨　墅

大雪中的故乡
——观西多罗夫"故乡"主题画展

这么多色彩，白是主色，白雪茫茫
这不奇怪，俄罗斯的冬季啊多么漫长
人们在屋子里吃饭睡觉沉默絮叨
偶尔走出庭院，把自然和世界张望

河流蜿蜒，看不见冰冻下的流淌
树木和道路反射太阳的光芒
人和狗分享着孤独与宁静
马拉的雪橇又要出发，去向远方

远方有什么，有你想要的一切
比物质更多的是人的心智和欲望
收获满满时，可曾想过亏损的月亮
一贫如洗时，是否唱一首歌，回到故乡

（选自《草原》2022 年第 5 期）

开进记忆深处的拖拉机

拖拉机已经开进我记忆的深处

需要努力搜索
才能把一些碎了的图片拼起

拖拉机停放在农家院落里
许多农家小院是敞开的
一台小四轮可以直接开进去
和小院那么般配
而小院容纳它，也是绰绰有余

履带式拖拉机工作在田野里
它身后带着犁铧
把土地一层一层翻起
就像大轮船在海上掀起浪花
一个少年站在地头
欣赏着拖拉机的神奇
他从来没有像今天这样入迷以至于
拖拉机开远了，他还站在那里

又一台拖拉机开过来
它把收割好了麦子高高装起
装麦子的车上站着一个人
麦子堆高了，他也跟着增高
瞬间那么高大，像和天空联在一起
他负责接麦子，把麦子压实
这个人有时候是父亲
有时候是本家一位堂兄
有时候就是少年自己

如今想起这些场景
当年的少年激动不已

想起了挥汗如雨的父亲
想起了灶台边裹着围裙的母亲
想起了大家庭，兄弟姐妹
想起了集体，和那时的集体主义

拖拉机从远处开过来了
拖拉机啊，又向着记忆的深处开去

（选自《牡丹》2022 年第 12 期诗歌专号）

三辑　童心

青草大咖（二首）

高洪波

青草的味道

如果一只山羊吃草
山羊和青草，组合的画面岁月静好
如果一只小狗吃草
青草和小狗，组成的画面有些糟糕

我是拉布拉多大咖
吃草是我的爱好
或者是身体的需要
我吃草　各种味道的草
长长的马莲草，嫩嫩的苇叶草

吃草的感觉很奇妙
感觉我变成一只羊
只差发出咩咩叫
吃草的时候，我心里发笑
世界也陪我微笑

吃草吃草吃青草
草能裹出我胃里的毛
没见过小狗吃草，你可千万别傻笑

大咖更爱吃骨头，这是我的本能享受
无论吃草还是吃肉，我都是一只开心的小狗

谁把咖啡泼了我一身

谁把咖啡泼了我一身？
从耳朵尖到尾巴根。

谁把咖啡泼了我一身？
香喷喷地挺好闻。

谁把咖啡泼了我一身？
让我拥有大咖的名分。

谁把咖啡泼了我一身？
拉布拉多族群罕见的基因。

谁把咖啡泼了我一身？
气坏了黑兄弟和白姐妹们。

谁把咖啡泼了我一身？
让我骄傲又开心。

我是大咖拉布拉多，
如果想喝咖啡我请客。

谁让我有大咖的名字，
其实不过是一种颜色。

我一点儿也不喜欢咖啡，
肉汤嘛，当然愿意喝了又喝。

外表华丽证明不了什么，
大咖的内心丰富又快乐。

（以上二首选自 2022 年 7 月 6 日《少年诗歌》公众号）

三辑·童心

窗外的鸟鸣（外一首）

谢克强

在我窗前 有一棵大树
总有鸟儿在这棵树上栖息
这不 每天我在鸟儿的叫声里
醒来 或者睡去
这些鸟的鸣叫声
远不只告诉我起床、睡觉
它会使落地的种子萌芽
也可以叫枝头的花蕾
含苞欲放
由此 这婉转、动人的鸟叫
也引起我女儿的兴趣
她不时站在窗口默默倾听
然后将这些悠扬、华美的鸟鸣
翻译出来
有一次 女儿刚翻译完鸟儿问答
就亲切地对我说
你的那些分行的文字 要是
像这窗前的鸟鸣 也许
会有更多的人来读
女儿的话惊醒了我
看来 我还得抓紧时间修炼
让我的那些分行的文字
也能发出鸟鸣

（选自《星星·诗歌原创》2022 年第 6 期）

乳 名

仿佛唤醒沉睡的记忆
回到久违的故土上　我听到
一声声比风还温柔的声音
一声声比水还纯净的声音
呼唤我的乳名

我的乳名
却没有一丝一缕乳香
每每姆妈喊着我的乳名
我那长不大的乳名呵
总溅起饥饿的目光

后来　我的乳名
不是挂在秋后的枣树枝头
就是沉浸野藕初生的荷塘
更多时是镶在锋利的镰刀口
砍柴　割猪草　挖野菜

如今　睡在记忆深处的乳名
在久违的故土里醒了
这醒了的乳名　不仅叮嘱我
切莫忘了故土的养育之恩
也抚慰与温暖我的心
那是一颗漂泊在外几十年的
心呵

（选自《草堂》2022 年第 8 期）

三辑·童心

我们一起数数（外一首）

张庆和

一、二、三、四、五
同学们，我们一起数数
从五数到十，从十到十五
"神舟十五号"飞上太空了
我们跳跃　我们欢呼

十五次飞行，十五次胜利
太空住进了中国家族
他们耕耘，他们播种
汗水滴透禾下泥土
播下的种子正在发芽
一棵棵一株株，就要长成高大的树

树上开满花朵，一枝枝一簇簇
香气环洒宇宙，美艳世界瞩目
抚花歌唱的蜜蜂们，还邀来彩蝶伴舞

神舟十五号是太空景观
我们是仰望追星的一族
任重道远　努力探索
不会停下飞行的脚步
今天数十五，明天数五十
那时候，我们就是蓬勃的力量
梦想是加入航天队伍

（选自 2022 年 12 月 3 日《战略支援报》）

发酵的乡情

摇摇晃晃的炊烟
踩着农家屋顶，一步步登高

炊烟像弯弯的炉钩
挂在山腰荡秋千
搭上云儿奔跑

公鸡长鸣母鸡咯嗒
刨着土里的虫子
美美地吃掉

小猫小兔小狗狗
欢欢喜喜快快乐乐
你追我赶吵吵闹闹

邻家小姐姐喊着乳名
水塘边听蛙声一片
看鱼儿水面吹泡

春风春燕发来请柬
一帖帖如同圣旨般重要
青青山坡做战斗城堡

树上松鼠草丛刺猬
山荆乱棵扎破手指
衣兜里装满红红的酸枣

故乡童年故乡故事
在思念眺望里，被复制发酵

（选自 2022 年 1 月 23 日《工人日报》）

时间的船

郭晓勇

乘坐时间的船
独自在时空中游览
两岸富饶的过往
镌刻时光的童年

一边是纤夫留下的足迹
一边是号子发出的呐喊
水面上漂浮的云朵
如追逐的翅膀飞翔
璀璨的幻想不再孤单

多少辛勤的黎明
多少疲惫的夜晚
头顶上洒落的记忆
捧也捧不住的眷恋

太阳不曾歇息，月亮不曾安眠
勃发的诗兴始终执著相伴
时间的船不停地在脑海游弋
穿过眼球的渴望，穿越银河的浩瀚

可时间的船啊，怎么就
总也靠不了岸

（选自 2022 年 10 月 7 日"老牛观花"订阅号）

一只鹰（外一首）

赵兴高

一座雪山，又一座雪山
横亘在春天经过的路上

中间是虚无缥缈的云海
天平上的砝码是一只鹰
称着山的重量
称着春天和冬天的重量

下雪了，冬天重了些
雪化了，冬天又轻了些

鹰飞走了，雪花寂寂，山寂寂
我听见，一群小孩在唱歌

草绿了，花开了
轮到春天值班了

歌 者

我们来时，大山屏息
大山，在静听小河的歌声
当你开口唱歌，小河寂静
小河，在静听你的歌声

三辑 童心

当你唱完一曲，我听见了
小草拍手鼓掌的声音
还有风的欢呼声

只有我们没动
我们愣着的神
还未走出你的歌声

（以上二首选自《朔方》2022 年第 6 期）

橡 皮（外一首）

柴立政

外孙开始用橡皮，纠正

和规范自己，做作业时的马虎与粗心

字写得头重脚轻了，要用橡皮

数算得张冠李戴了，要用橡皮

每一回，至少要使用

十几次橡皮，才能够把作业做好

每一回，都显得手忙脚乱

纸张上总会留下没有擦干净的痕迹

外孙爱他的铅笔，写下正确

外孙更爱他的橡皮，擦去错误

外孙用手中的体温，悉心地

抚摸着橡皮，温润着橡皮

而这时的橡皮，面对外孙的呵护

想开口，吐出自己深藏的奥秘

外孙在一天天长大，橡皮

却一天天磨损着自己，一点点在缩小

多多老师

七岁的外孙多多，要给姥爷上课，要给

玩具们上课。小猫咪、花猪、老鼠、金乌龟

以及棉绒绒棕熊、狗、虎，和福娃

像在学校里的孩子们坐成一排，听讲

学古诗，解落三秋叶，能开二月花

95

三辑 童心

学老师的模样，有板有眼，连说话
语气也是那么的惟妙惟肖。并挑选
自己喜欢的棕熊当了班长，负责纪律
又独自设计情节，让乌龟与老鼠
因一件小事吵嚷起来，让猫去劝解
却遭老鼠推搡，让虎和花猪为了各自的
好朋友摇旗呐喊，让场面混乱
让棕熊急如星火，让狗、福娃坦然自习

让自己模仿老师踱步出场，皱眉觑眼
一脸严肃，询问棕熊，调查猫
批评虎和花猪的参与，打扫厕所一次
教育乌龟，抄写三个生字各十遍
口头表扬狗和福娃，举重若轻
惩戒老鼠，罚站一周。孩子以孩子的世界
游戏着。我手握一把芒刺

（以上二首选自《诗选刊》2022 年第 8 期）

如果星星们都是雨点儿（外一首）

高　昌

如果星星们都是雨点儿
落到地上该是多么美妙
一大群星星拖着银裙儿
在我的伞顶上蹦蹦跳跳

我肯定会故意把伞举高
让它们像烟花猛地一爆
或者就把雨伞直接丢开
让它们在身边任意舞蹈

星星雨不会淋湿好心情
只会快乐地把世界照耀
照得小绿叶们更加生动
照得大花朵们更加俊俏

星星雨还会唰唰啦唱歌
我准备为它们大声叫好

园儿里

播种下一些小露珠
用童话的阳光照耀
盼长一园新鲜翅膀
又怕它们突然跑掉

三辑·童心

细心呵护那些嫩芽
要用梦想来织篱笆
或许围住一群小鸟
或许围住一群木瓜

据说花朵全开之后
蝴蝶会把蜜糖偷走
所以我们变成蓓蕾
抿紧嘴唇不敢开口

（以上二首选自《少年诗刊》2022 年第 3 期）

小麻雀的家（外一首）

张菱儿

小麻雀蜷缩在阳台上
我撒出一把米
吃吧，吃吧
小麻雀开心地蹦蹦跶跶

米吃完了
小麻雀打开了话匣
迎着暖暖的阳光
叽叽叽 喳喳喳

可爱的小麻雀
我听懂了你的话
你是想给我唱支歌儿
表达你的感谢吧

如果你愿意
每个寒冷的冬季
你都可以来这里
我的阳台就是你的家

会跳舞的雨

今天的雨
似乎都学了舞蹈

它们一滴滴是那么苗条

旋转着细碎的舞步

轻盈地飘进我的雨伞

爬上了我的鞋子和袜子

会跳舞的雨呀

格外喜欢臭美

踮着脚也够不到我的裙子

请来好心眼的风帮忙

开开心心跳上我的裙角

任我怎么跑都甩不掉

（以上二首选自《少年诗刊》2022 年第 4 期）

甘棠湖畔桃花开（外一首）

雁 飞

我不过是想，伸个懒腰、打个哈欠
同春天一道，苏醒过来
不过是想，扭扭腰身、试试嗓子
与春风一起，回复原先的样子
你看，这只调皮的小蜜蜂
竟吵着，要我歌舞

我好久没回来了，站上高枝
不过是想，看看甘棠湖与浔阳城
是否，出落得，更加靓丽
她们可是家乡的大美人啊
看看，真是越来越美了
请千万不要笑我，卖弄风情

我不过，还是老样子，没啥好看
梨花、杏花都是我的好姊妹
她们是与我一起回来的
亲爱的，也去和她们亲热亲热吧
不然，她们又要笑我了
还嫌我的脸，不够红吗

（选自 2022 年 4 月 29 日学习强国江西学习平台"谷雨云诗会"专题）

三辑 童心

101

立冬日石钟山远眺

湖，是落了叶的树
树，是退了水的湖
湖与树
清瘦的背影
重叠在秋天的深处

雾，苍苍的
犹如，散漫下来的时光
又如忧郁
在谁的脸上
若有若无，时隐时现

更远处
湖山方向，江天方向
一片虚无
又尽显空灵之美

（选自 2022 年 1 月 6 日中国诗歌网每日精选）

对，对了（外一首）

盘妙彬

滴水山状若一滴水，对
滴水山脉就是一串水珠挂在天地间，对
两个闲人坐在滴水山闲谈
听鸟鸣，听清风来问心，望远

地质学说，一个山头生成需要三十万年
无端，我就是滴水山的一秒
两个闲人加起来也不会是两秒
我们两人皆有古代的心
但加起来却是一个古代
知不可奈何而安之若命，心静，事简

就那么一秒
一座山"咚"的一声装进心中，状若一滴水

滴水山是一滴水，对了
滴水山上看到落日是一滴水，对了

我遇见的是我自己，白了头

一棵开花的山楂树白了头
站在天堂岭坳口

我正好路过，它正好开花，像一个干净的时间正好等我

三辑·童心

103

我抬头
它纯洁雪白，未开出一片叶子
之前我们不曾见过
但彼此又隐隐存在某种因果

树下的石头正好干净，我坐下来，想
从有形的事物找
从无形的思想寻觅
我又确信彼此有过往来，一阵风吹

我也曾经洁白无瑕
等一段时光，等一个人，等一件事
某某，某某和某某，来了吗
一念之间，又一阵风吹，花落几朵

今天，我是某一个人，某一个时间正在等我
我遇见的是我自己，白了头

（以上二首选自《诗刊》2022 年 8 月号上半月刊）

石斛兰（外一首）

森　森

书房里的石斛兰，开着粉红色的花，
从夏天一直开到秋天，一朵接着一朵，从未停歇
它们在绿叶间亭亭玉立，白里透红
平日里嘟着嘴，风一来，就不停地摆动
仿佛多年前我们家的小姑娘
坐在地板上独自玩耍，偶尔会抬起头，冲我们咯咯笑

（选自《草堂》2022年第4卷）

窗　子

窗子是一个画框
框内的景色不断地变化
现在，春又回来了
景深拉长，绿色互相重叠
落在上面的阳光，又轻又鲜活
我知道随之而来的还有花开和鸟鸣
我不去辨认春天的内容
我想窗子也是，它比我更坦然
不仅接纳了四季的变化
还对我多年的生活一览无余
似乎它得到了最多，而实际上
它一直是空的

（选自《青少年文学》2022年第2期）

三辑·童心

扁扁的兔子（外一首）

王　晖

它是那么安静
在我刨出的小土坑里
永远睡着了
侧躺的它
眼睛里亮着从前的光

轻轻的，一层层薄土
混和着黄昏的重量
把它变成了
一只扁扁的兔子

在有着九棵榆树的家属院
我窗下的泥土里
有只五岁的兔子
喜欢过我

第二年
我以为兔子的小坟上
会长出一棵小植物
无论长出什么
我都叫它兔子

转眼秋天到了
属于兔子的泥土上

只长出了
小小的
方圆一尺的
荒凉

（选自《大家》2022 年第 6 期）

他 乡

我还不知道周围任何一座小山的名字
它们手拉着手
把我团团围住
像在保护一个没有依靠的人

这一群小矮山常常躲在云雾后面
跟我捉迷藏
在我还不够爱它们的时候
我从不跟它们游戏

这一群小山
用葱茏的呼吸制造了云朵
这里的云开了一扇扇蓝天的小窗户
让一个背井离乡之人
拥有了如此辽阔的屋顶

当我听见一个母亲怀抱的幼童
指着树上的叶子喃喃自语
花，花
我愿意跟在这幻境之后
把每一片绿叶都认成花朵

（选自《人民文学》2022 年第 1 期）

三辑·童心

鸽子炊烟（外一首）

王立春

鸽子回家的时候
要是没看见炊烟
就把自己扮成炊烟
在房顶上
灰灰白白地飞

炊烟瞭望的时候
要是没见到回来的鸽子
就学着鸽子
在烟囱边上
绕着圈飞

不管鸽子飞出多远
炊烟总是扬起手
喊他们回家
不管炊烟等到多晚
鸽子总是一回来
就扑到炊烟怀里

鸽子是散不尽的炊烟
炊烟是飞不远的鸽子

雪橡皮

冬天拿着雪橡皮

在雪乡
到处擦

把绿草擦掉了
把花朵擦掉了
把石头的棱角
蹭成圆的
把扁扁的实木墩
蹭得蓬松起来

把壕沟的深刻擦掉
改成肤浅
把会跑会唱的河水
改成呆呆的冰
把扭着腰往山里走的大路小路
一条一条地涂没

把全部的黑都改成白
把所有的暖都改成冷

夏天在最短的日子里跑出来
匆匆地种花种草种土豆
还没来得及擦一把头上的汗水
冬天就拿着雪橡皮来了

雪乡从来都没有春天和秋天
春天和秋天
被雪橡皮蹭没了

（选自儿童诗集《雪橡皮》，山东电子音像出版社 2022 年 7 月版）

三辑·童心

海边童话（二首）

王 童

赶 海

蹚着海水去捞螃蟹
穿着雨靴去垂钓
一无所获也乐此不疲
颗粒无收也心满意足

站在海浪上的快乐
推着潮水的愉悦
提着希望的等待

欢乐的时光回旋在胸前
鱼竿的弧线弯成月弓
撒开的渔网打捞着波光

海 滩

观海亭是个阁楼，
观海人四目远望。

海滩是张煎饼
卷着鸡蛋的日月
海滩是张撒开的网

罩着云天底的新人

婚纱随海风飘起
亲密伴海鸥飞去
孤零零的美人鱼
雕塑在海滩上

（以上二首选自《西湖》2022 年第 12 期）

白鸽子广场（外一首）

王　键

白色，有时比太阳要亮一点
尤其在灰暗的中午，鸽群
成排地站在楼顶，它们
有十三种观察人类的方式
七日已经过去，我们在第八日
那是爸爸妈妈们创造的星期八
这是漫长的一日，我们在
机场附近散步，目睹飞来飞去
的事物，那些用翅膀创造的高度让人称奇
收翅的白鸽子，就在脚边，啄食地上
的米粒，人类撒下的吗
替代神，大地干净，
白茫茫一片。
但总有扎心的瞬间，比如
我突然瞥见在一阵惊慌起飞中
蹒跚扑向妈妈怀抱里的孩子

时间的密码

时间的密码藏在光中
藏在一扇门的一开一合之间
它有更多的隐身之处：
骨骼的缝隙、奔跑的血和
走动的步履

甚至，一颗泪珠也是时间受孕后

结下的胚胎 那些

喜悦的战栗和激动就发生在

生命的诞生之后

而老去则是每时每刻都在

发生的事 死去

也是

生和死是一对生死的兄弟

昨天我在纸上写下一些诗行

今天我又将它们擦去——

我羞于将那些无力的吟唱示人！

而时间，它正用密集的针脚在大地上缝上

来自天上的密语……

（以上二首选自诗集《山湖集》，武汉出版社 2022 年 6 月）

三辑 童心

馈赠（外一首）

李以亮

我不能赠予你一座开花的果园

但我要送你一枚生活的果子

它没有多少迷人的光泽

可是却包含了一粒坚实的信任的果核

我不能赠予你一片迷蒙的大海

月光下与你共享逍遥

但我要送你一只小小的海螺

时时刻刻诉说着情感的潮汐

我全部的馈赠只是一首诗的歌唱

时至今日它已显得渺小、不合时宜

但是我庆幸，在一首歌里

我们分享了一种对幸福的看法

床上早餐
题澳大利亚人鲍勃·威克斯同名摄影作品

母亲怀抱婴儿

身体斜卧着深陷于床被的柔软之中

婴儿赤裸吮吸着母亲的右乳

另一侧的乳房丰盈耸立

仿佛孩子梦中的粮仓

我注视这人间和谐圣洁的场面

世界静了下来，听觉被打开

母亲的心跳起落如琴键

乳汁的流动如微风拂过

吮吸之声仿佛小鸟降落摇曳的树枝

也许我还听到了婴儿小小的胃感激的蠕动

听到了阳光照进窗户明媚的低语

（以上二首选自《山西文学》2022 年第 4 期）

三辑·童心

小鸟在丁香树丛鸣叫

川　美

小鸟在丁香树丛鸣叫

把丁香花间的晨光鸣叫

声音一下粉白，一下淡紫

敲在玻璃上，把我鸣叫

从楼上下来，加入小鸟的欢乐

围着丁香树丛芬芳的光焰

虚构十二少女

手拉手，跳丁香舞

跳丁香舞，坠入四月的温柔乡

忘掉无尽的愁苦——

瘟疫，战争，不幸的人啊

当太阳重新升起，你是否睁开了眼睛

或者，永远闭上

闭上眼睛跳灵魂的丁香舞

在永续轮回的春天里

在风中，在雨中

（选自《作家》2022 年第 7 期）

无牛村

唐德亮

牛已逃往别处，已变身繁花劲草
它已与这个村庄，高兴或无奈地分手

牛的哞叫，总不时
在人的大脑沟回萦绕
牛的蹄印刻在村路田塍，久久不肯隐退
牛的身影：腰肥，骨瘦，筋凸
……艰难埋着头奋力躬耕
在记忆中滋生蔓延

有血有肉的牛消失之后，另一种
冰冷的"铁牛"，突突突地
闯进村庄，巨大的引擎
震颤着寂静的田垌。一只"铁牛"能干
几十条肉牛的活，那能量大得
令所有的村民又惊又喜

青草笑了，它们从此
可以放心地长久绿下去
无须恐惧变成群牛们
柔软舌尖上的风景

蝶变的村庄也笑了，它知道
自己已经一步迈进一条幸福大道

（选自《生态文化》2022 年第 3 期）

三辑 童心

葵花帖

大　枪

小时候我经常想象用向日葵填充自己的腹部
我把花盘中的果实当成身裹盔甲的兵马俑
想象自己正在逐个征服它们，太阳是它们的王
每天用黄金收买宇宙，我因此对太阳
充满鄙夷，它的黄金并没有公平地
分配到我身上，也因此鄙夷向日葵
我不能有这种丧失立场的小伙伴
一起生长于乡野，就要保持农家子弟的
纯正与朴实，很长一段时间我都觉得
没有必要到田野上去，女孩子邀请也不去
我确定自己不在这些外表伟岸、排列整齐
方向统一的向日葵当中，彼时我的眼睛正热爱着
黑夜的黑，它让我拥有了超越光明的尊严
我比一米八的向日葵矮了五十公分
就必须以洞察黑夜的视力超过它们五十米
我为此获得世界许多不为人知的秘密
但这并没有让我的感官换来等量的快乐
许多年过去了，向日葵还在田野上生长
太阳还在卖弄它的黄金，而我正和孩子们
一起，拿着画笔消费它们奉献的光影和果实

（选自《上海诗人》2022 年第 6 期）

一粒雪花点亮村庄

王万里

雪花从远方飞来
小翅膀有燕子筑巢的耐心
衔一瓣小花铺底、垒墙、筑城
搭一座童话里的村庄
房檐上一只灰褐色的鸟
举起翅膀飞向蓝天
划下两条银色航线
牛羊踱着方步
雄鸡抖动翅膀
此时，是无比珍贵的良辰
多少辈子灰头土脸的庄稼人
用铁锹种下灿烂的诗章
山村每一寸土地，都是金子
不换的江山，高粱玉米永远
依偎在母亲身旁
蓝天白云、牛哞羊欢、鸡鸣狗叫
这线装的山村，被一粒雪花轻轻点亮

（选自《草原》2022 年第 9 期）

三辑 童心

怀念一只猫

王浩洪

你的温顺，是比糖还甜的蜜
舔一舔手指，就沁到了周身
你的柔弱，是一柄神箭
悄无声息中，穿透了我跃动的内心
你清楚人类的弱点跟动物一样
喜欢柔软不喜欢坚硬。所以
你从不用利爪，你懂得生命的根性
我把你关在一间房子里，给你粮食和水
我怕我不在时你四处闹腾
你总是节省粮食，留下越来越多的余粮
你怕我忘了给予，或者出差，或者无心
你没有安全感，你低到了微尘
你对我心存隔膜，不无戒心
我进到屋子里喂食，你用头脸蹭我的手背、踝骨
躺在地上翻滚撒娇，感谢我的举手之劳
你是懂得回报的生命，知道人类热衷于交易
你一无所有，能给予的只有摩挲和环绕
——智商超高。
你走了，走得那样恋恋不舍
像一个女子把自己嫁给迷茫，嫁给无道
你走了，留下我抚你的骨感，留下你
妩媚的眼神，弱弱地示好
我相信你是爱猫的祖母送来的礼物
可惜我，像一个顽皮的孩子把玩具弄糟

自此我得到沉重的惩罚

我的心将永存愧疚，永无宁日

通津之路，不知何时才能找到

（选自 2022 年 11 月 14 日《江山诗歌》公众号）

三辑 童心

捕　蛙

远　洋

四下里起伏着欢悦的蛙鸣

手电筒在黑暗中晃动

沿着泥鳅般黏滑弯曲的田埂

趔趄，搜寻，锁定青蛙——

它在刺眼的光亮里，一动不动

它趴在水中，紧贴着秧苗根部

不再参与田野上的大合唱

像幼小的孩童，面对懵懂无知的死亡

圆睁着困惑、惊恐的大眼睛

屏住呼吸，不敢发出一丁点声响

我一伸手就轻易地把它捉住

在我的掌心里，它的肚皮鼓胀得像皮球

直蹬着婴儿一样白嫩嫩胖乎乎的大腿

这是它极端愤懑的标志

它无法逃脱，只有生气一条路

它也不像童话中的青蛙王子

可以脱下衣服，在石臼下藏起

一会儿是人，一会儿是青蛙，在人蛙之间

变来变去——唉，一旦剥掉它翠绿的皮

就再也不能复活那活蹦乱跳的生灵

我曾作为庄稼人，吃掉自己的朋友

和童心，为了过年才能见到的一丝荤腥

而今，在蛙鸣声里

我还会做有关稻花香的梦
但醒来心底便搅起一阵隐痛

（选自《诗潮》2022 年第 9 期）

三辑 童心

迎春花

肖雪涛

站在像剪刀般的时空
被二月撞了个满怀
疼痛地向大自然发出
第一声呐喊

喊出风，喊出雨，喊出青涩
喊出百花次第盛开
喊醒冬眠的灵魂

江南细雨，吻红了桃花
吻白了杏花、吻黄了油菜花……
北国纤风，吹绿了垂柳
吹白了蔷薇，吹蓝了鸢尾……
人间，到处飘荡着一片花海

多像村上，涌向城里
燃烧，另一份收获的女孩

（选自 2022 年 8 月 8 日《山西科技报》）

二月小诗

江耀进

正是二月。风吹在脸上
不冷了。你抬起头
一片云，松开橙色的发丝
这意味着什么？

铁镐刨开冻土
昆虫们一片惊叫
它们曲蜷着，探出半个身子
让混乱的石子和泥土出现缝隙
外面，世界拱出来了！
春天用手指和线条勾勒出
一个柔软的轮廓

二月。在城市和郊外之间的
二月。高速公路和柏油路交接处
树干们整齐排列，它们都想
动一下，并发出声响

（选自《诗刊》2022 年 7 月号上半月刊）

三辑·童心

山居童话，给女儿

冰　水

你似乎比我更擅长劳作：
挖土、扦插、捞鱼……
或者宽慰护院的小狗。采野莓时，
迅速拔取扎进指腹的小刺
被我们遗弃的土地，现在都是你的——
庄稼、池塘和抽出新叶的树木
长满野花的草地，黑亮的渠水
在你眼眸里那么鲜活
你似乎更懂得风的方向
精确地引领它们进入童话的草房——
菜蔬芬芳，蜜蜂飞舞，花香流溢，
简单的美缠住你的脚踝
我烹茶、呢喃
却来不及为你赞美

（选自《诗潮》2022 年第 10 期）

写给我挚爱的孩子（二首）

子非花

树 屋

我们拐进小路
初夏泛起微光
你搭起树屋
握住风中的鸟鸣
松树枝折断，在我们手上释放
清澈的芳香
环绕着一个小小的城堡

我躺下，犹如一粒童年
你躺下，笑着，"比孩子更像孩子"
像一枚盛开的松果
这是我们的时刻
"哦，爸爸，秋天，我们还要来看看这个树屋"
此刻，慵懒的小蚂蚁被揽入怀中

是的，未来是一颗微小的松针
正躺在一缕光影里
风，像粉末一样幸福的
向我们吹着

我们在荒野的小径漫行

三辑 童心

嗅着下山的路
植物葱茏如正午的忧郁
孩子，你的手握着我的手
就像植物握着这个夏天

清晨怀想

远处天鹅发出风一样的叫声
而你终于长大如斯
注视着蒸腾的水汽
从人世间升起
在成熟中落地

母亲一样的光
扇动双翅
怀抱温润的新巢
小鸟欢唱往日之歌

被群山遮挡的清晨
转过我的指尖
并默默停留一会儿

你终于长大如斯
被造物之手神奇地拨动
我内心的潮水呼应着
远处天鹅的鸣叫

（选自子非花诗集《橘子》，南方出版社 2022 年 8 月）

跳舞草

林海蓓

如何让我步履轻盈　无忧无虑
春天　可否收起一些慌乱
在你的节奏中
我想做一个内心空明的人
跟着歌声摇摆
即使是渺小得不能再渺小的爱
也从来没有停止过期待
风唱起歌声的时刻
让人寝食不安又满怀憧憬
菩提树下　心如止水
被佛光照亮的灵魂
在宁静的凡尘旧事中幸运地端坐
远方太远　风带来内心的颤动
被岁月抚摩过的草叶
铭记着阳光的重量

（选自《十月》2022 年第 6 期）

三辑　童心

小果果的梦（外一首）

罗鹿鸣

小果果的梦，落在童床上
梦里面住着蝴蝶和小猪佩奇
有一只蜗牛从你的花土里冒头
一只蚂蚁，被你的脚丫追逐
你睡觉了，长沙城便安静了下来
外婆又可以坐在电脑前，看股票跳水
早晨的太阳好像一粒乒乓球
你往身后一丢，落地成为夕阳
晚上，妈妈引你回到巢里
被你骑过的那匹骆驼心生怨嗔
没有沙漠垫脚，没有避风山窝
耸着驼峰，好羡慕有家可归的人

整理夕阳

我坐在屋顶花园，整理夕阳
冬天的夕阳有点慌慌张张
红眼圈来得快，去得也快
岳麓山转眼间变得模棱两可
暮霭，将万家灯火含在嘴里
橘子洲今年还有最后一场焰火
杜甫江阁还会在焰火里
再次展开垂而不老的飞翔
在这个没有作为的季节

在这个无所事事的黄昏

我捻着夕阳温暖的羽毛

像数着时光，如何催我老去

月季、玫瑰、三角梅还在开花

冬季里的花园并不落寞

外孙女碎步快跑，向我投怀送抱

小小酒窝，荡漾落下来的暮色

（以上二首选自《深圳诗人》2022 年下卷）

三辑 童心

窗外桃树

方文竹

一簇别致的方言，只有我能读懂
我不想拖着春天的后腿，提前翻译
这春天的伏笔和代表作

想起了女儿的年华和人间的美
孤独的美人饱尝时间的烽火
似乎慢了一拍，我只好
用心灵破译密码，而美加了一把锁
渐渐地撒播遍地黄金

她在开花。我在运笔
她一朵一朵地少，我一句一句地多
少到无，不！她开到文字里去了
多到无，不！她变成了泥土
培育来年的她
在世界的深处，我与她握手言欢

一夜的风暴，只是
对话的干扰者　剩下的只会更加纯净
枝叶已替时间穿上了盛装

（选自《大风》诗刊 2022 年冬卷）

紫花地丁

冷克明

1

低到尘埃了
所见皆是荒芜
草还未绿
树叶还未返青
那些先你而开的花朵
需要仰视
你贴地而生，只需拥有
足下的方寸之地
紫色的光芒只点亮那些
注视你的目光

低到尘埃了
你也要仰起头
遥望天边的朝霞和
渺远的星空

2

执一盏紫色的灯
兀立苍茫
让火焰尽可能大些

光芒射得远些
给凉薄的尘世
些许温暖
把盛大的荒芜
撕开一个口子

春风过处
蜂蝶们纷纷扑向
那些摇曳的花朵
有谁知道
你苦涩的心
也能解去人间
小小的毒

（选自《诗歌月刊》2022 年第 7 期）

藤木桥的雨(外一首)

石玉坤

桥下送流水,过白鹭,也飞灰雀
好雨要待三月,草尖
冒出新念头,犁头带水,雨燕来巢

雨长短不一,高一脚在坝上
低一脚在田畴
最亮的一滴在老牛的眼里
最脆的一滴在青瓦的屋顶

当雨脚拐过青石板的小弄,撩开
一串串水晶的雨帘
就撞身走进雨中

藤木桥立起一道绿色的瀑布
雨水濡染藤花的香味
桥墩下,那个双脚打水的少年
抹一把颊就抹一把清透的雨香

夜露渐结,天空带着星光入秋
一条小路连通山中像是呼喊
仿佛那些远去的亲人
某一天会经过藤木桥突然回来

或许那是在一场雨后,暮晚的山峦

升起淡淡的岚气

绿皮火车打着鸣，缓缓穿过

落日的针眼

（选自《诗林》2022 年第 6 期）

光抚过一切事物的脸

一下一下又一下

一个人不断地用后背撞树

树叶籁籁籁籁籁籁，是咬牙的痛

也是战栗的爱

人的心思树懂

树愿做人吃饭的条桌愿做人睡觉的板床

也愿做人埋身的棺材

树隐藏的愿望在砍它伐它的树桩里

一个人在树荫里坐了一会

另一个人在树下站立了一会

再一个人双握住树枝前后摆了几下

高枝上的手掌拍动，所有的人走了之后

风过来鼓了鼓劲

树枝张开的怀抱云过来靠了靠暖

光抚过一切事物的脸

也照了照人的背影

（选自《诗林》2022 年第 6 期）

向女微友借雨

黄松柏

你在滇，我在黔
你那里大雨不停，我这里烈日炎炎

你那里江河泛滥
涝死了花草，还有阳春
我这里江河干枯
渴死了庄稼，还有我的梦

商量一下，借两斗雨给我
一斗浇我的山河
一斗浇我的田土
如果能多装两滴
那就用来续我的命

命在，心就在
心在，梦就在
续我的命，也续我的梦呵
我欠你的雨，今生一定还你

你沉吟片刻，说
问天借吧

（选自 2022 年 12 月 23 日《铜仁日报》）

三辑 童心

大地有天空一样的辽阔

周苍林

大地有天空一样的辽阔
那么多的鸟在天上飞
不见一只鸟撞伤另一只鸟
那么多的云在空中飘
不见一朵云堵住另一朵云
那么多的雨从空中落下
不见一滴雨阻挡另一滴雨
那么多的星星在天空聚集
不见一颗星容不下另一颗星

在天上，鸟都各飞各的
云都各飘各的
雨都各落各的
星星都各就各位
大地有天空一样的辽阔
有那么多的路和远方

（选自《星星》诗刊 2022 年 2 期）

小白鱼（外一首）

王明远

我到下游去看你
你却到上游来看我了
我又急忙赶回上游
可你　又匆匆回到下游去了
小白鱼　也许我们
都想给对方一个惊喜
心里的急，也是情里的痴啊

一路风尘
你在江里游得很累
我在岸上走得也很疲惫
为什么没有相遇
都怪你不肯轻易露出水面
也怪我不识水性　错失良机
呵，小白鱼

尽管谁也没有看着谁
那份彼此的惦念
在心里却是永久的回味

你的眼睛

最大的是天
最蓝的是海

最深的是你的眼睛

恰似一湖秋水
微风过处，你颤动的心
在湖底里闪动
月夜里的清辉，却是你
流动的朦胧的波光
——那是你极深的内涵

多想是一株荷莲
在湖底里自由地伸展
在月光下，清风里，与你相伴

（以上二首选自《西南当代作家》2022 年冬季刊）

清晨的鸟（外一首）

文　博

一阵一阵的鸟鸣声
如一块块金属
砸碎了五更夜的寂静
打破了我安宁的梦境
鱼肚色的夜幕露出了城市的暗影

一群在树枝上跳动的麻雀
似乎不耐烦这近处的栖息
结伴飞向苍茫的空中
仿佛是想追寻回那消逝的鸣啼
一双双翅膀剧烈地晃动
搅乱了晨星孤单的眼睛
这阵阵的清灵啊
叽叽喳喳的，打伤了我
疼得我心灵的呐喊
此起彼伏

（选自《星星·诗歌原创》）2022 年 10 月号）

垂　钓

太阳悄然隐藏于山下
并将夜空中的月亮和星星
抖落在大海深处

三辑　童心

我乘坐一叶小舟

垂钓月亮

打捞星星

一只海鸥贴着海面飞来

长尖翅膀如闪电侠

目光拽紧我的鱼线

我小心甩起

拉着一晚的潮汐

大风从背面吹来

压得鱼竿抬不起头

我的心在潮汐里

沦陷

（选自《诗歌月刊》2022 年第 10 期）

三岁扶床女（外一首）

孙跃成

呼唤女儿帮我取手套
她从书房拿出两只 一黑一白
我说，这不是一双，换一下！
过了十分钟，
她跑过来说，
换不成，爸爸，
剩下的一双也是一黑一白！

吃名堂

因不睡午觉受到批评
女儿哭着告妈妈的状
我怎么也哄不住
就带她到超市
糖果饼干鱼肠海苔
想吃什么任她选择
她看了半天不知买什么
仍拉着我抽泣不停
我说，你想吃什么
总得有个名堂吧
她停止哭泣，说
爸爸，我就吃名堂

（以上二首选自《小百花》2022年第4期）

三辑 童心

一片落叶（外一首）

髯　子

梨树上，一片叶子黄了
它轻轻落在自己的影子上，把谁
也没有伤到

——懂一棵树
你未必懂一片落叶

（选自《中国诗人》2022 年 11 月号）

秋天是一部现实主义巨著

兄弟，是我有幸站在了他们中间
丈夫，因为我不再是一棵带风景的树
而是一根木材，她可以放心地小材大用、或大材小用
爸爸，是我的一女一儿，童年时共望的月亮
长大后可开可关的灯
笔名，是我走向远方，回归内心的另一条小径
至于亲爱的，我不否认——在吹风下雨的夜里
是我摇曳的姓和潮湿孤独的名字

秋天是一部现实主义巨著
我庆幸这宏大的叙事中，有我这个人物
从一根草、一棵树、一株红高粱上
秋天能捕捉到我静不下来的身影

也能看懂我弯腰的原因
但是，父亲不在了——
儿子这个角色
我当得不真实、完整
秋天也省下了一半笔墨、悲伤

（选自《飞天》2022 年第 11 期）

三辑 童心

那马仍在溪边吃草（外一首）

代红杰

雨线加粗。那马仍在溪边吃草
雨水一茬连一茬顺着它的皮毛滑落
雨水洗过的草丛犹如初生
它骤然摆首，甩掉鬃毛里暗器般的雨水
然后，在粗粝的滚雷中，继续专注地吃草
这匹马这匹马，这匹颜色漆黑的马
像是闯过上海滩的黑羿
暂时把翅膀缝进肉里缝在骨上
保持着英雄的血统

认 证

我不是草木
我看到的草木，有生长，有死寂
顺从天意

我不是草木之人
我比草木，多了怀疑、不安
常常哀叹命运不济

我想回到人本身，做人该做的事
然而，在非人非人事面前
未能挺起人的胸膛

我还有可以成为人的可能

因为我常常感恩

在我的伤口处轻吹暖风的人

（以上二首选自《诗选刊》2022 年第 4 期）

三辑 童心

旅　夏

殷贤华

除了好心情
我什么行李也没带

路过夏，我穿得很薄
薄得可以飞

但我飞得很轻很轻
我不想让夏知晓
我是从春赶来的

但夏还是热气腾腾地欢迎我
风一声令下
那些花啊草啊叶啊纷纷招手
我和一只蝉撞个满怀

于是，我偷偷地写了一首诗
我将系在秋的围脖上
我还是不想让夏知晓
我的离开和怀念

（选自 2022 年 7 月 18 日《重庆晚报》）

我们还将回到这里

孙英辉

经过忍冬树丛
又穿过马鞭草的紫色花带
在一条幽长的小路中
果实坠落一地
我们拦下吹来的风
像要拦住过去的时间
有时 我们像两只蝴蝶
落在命运的花枝上
我爱 这微风中闪闪的轻颤
也爱 这有甜草气息的森林
是什么 滤去人间悲喜
将我们轻轻环绕
直到 叶子纷落
我们离开 进入另一片森林
但我们 还将回到这里

（选自《岁月》2022年第2期）

时空旅行

李建军

像无限的星云变幻
三维空间之外存在六维空间
乘时空列车，来一次旅行
眼前掠过宋韵文化的镜象

谁编写缭绕的香气
穿越柳暗花明的绿水青山
谁剪辑茶纹水脉
翻阅杯中星宇的满目雪浪

谁导演缤纷的群花聚会
演绎光芒万丈的云朵插画
谁吟作豪放的宋词音韵
点燃月亮不熄的油灯

启动时光隧道的按钮
又进入另一个神秘的宇宙
异域风光奇美旖旎，前所未闻
宋人摇身一变成外星人

（选自《上海诗人》2022 年第 5 期）

每次我都想把车停下来给它拍照

程　峰

紧挨着内环路高架桥

那棵高大的木棉树已经百岁高龄

显然是当年修路架桥的幸存者

每一个春天

它都会把满枝丫的花朵

举得高高的

举到略高于路面

好像在说

高速奔波的人们啊

春天如此短暂

慢下来，看一看花吧

每次我都想把车停下来

给它拍张照片

每次，只要我稍微放慢车速

后面的车辆就会猛按喇叭

驱赶我再次加速

重新汇入拥挤的生活

（选自《中西诗歌》2022年第1期）

云朵之上

程绿叶

这不是我可以到达的高度。心生恐惧
我的位置应该挨着地面
许多人找不准的地方
比草高，比树矮
明明抓不住的
梦里的云彩。却想用它
装饰拙劣
明明生不出春天的翅膀。却想用它
飞离庸俗
其间太多的词语都在省略
飞机在空中，云朵在海里
我的思想顺从着没有骨头的风
一边飘荡，一边寻觅
合适的落脚点
离岸总是相差那么一点点

（选自《作家》2022 年第 1 期）

春水，灌湖

今天温热，龙抬头的日子
灌湖里的芦笋爬上了堤岸
但枯瘦的芦苇不倒
看似活在去年。要等新生代
迎风张扬，湖水涨起
它们才会一夜隐伏

几只白鹭因为爱情
正翻新在轻盈的水云间

有人穿着黑色雨裤
下到搁浅的荷塘
将手探入春水的怀里
拔出一篮嗷嗷待哺的藕芽

（选自《九江日报》月末版"长江文学"2022年第2期）

三辑 童心

153

清风明月

章文花

你用清风，我用明月
尽管天空高远，远不可及
我愿意一次次去改，去画
从初一到十五，再到初一
终究没有满意过

清风何意？再美好的事物
也会被市井的喧嚣和琐碎冲淡
又在隔空的诗书中重生
在静谧的、避世的黑夜滋长
长出新的、更茂盛的

曲折的何止是清风明月
我才想，要好好珍惜每一次偶遇
虽然那短暂的瞬间，往往词不达意

才想着，才想着，还没想好
天就又亮了

（选自《飞天》2022年第2期）

纸飞机与橡皮筋

敬丹樱

街边，矮花台圈着棵榕树
小男孩围着矮花台转圈
花台砌成方的，纸飞机的滑翔跑道也是方的
小男孩拼命把纸飞机举到最高
为了让起飞过程更逼真
他不时模拟出飞机发动的轰鸣
华灯初上，老板娘打包刚出锅的糖炒栗子交给老板称重
寒风中路过的买主从热乎乎的纸袋获取甜蜜和暖意
他们手脚麻利，配合默契，余光偶尔扫过榕树方向
小男孩玩得热火朝天，只有影子听从他
路灯下我也有条忠实的影子
长长的橡皮筋绷在两棵木槿树膝盖上
扎羊角辫的我埋头，从木槿树脚脖子那级跳起
我低声念着童谣：踩，绕，勾，卷，蹦
往往全身而退，涟漪还在皮筋上流连
母亲忙着做饭，洗碗，收床单，备课
全然顾不得望上一眼
很多小孩都是这样长大的
那时我跳得满头大汗
目标是连升三级，把橡皮筋推到木槿树腰间
那里有朵木槿，暗紫色的花苞蓬松极了

（选自《扬子江诗刊》2022年第3期）

吃下桑叶不吐丝

蒋　默

栽下桑苗的人躲进桑树，桑树年年回来
长片片嫩叶，结串串桑葚，灰白变红，吃了满嘴乌黑
田埂和土边，扎根生根，不再挪动
用厚实的叶子护卫油菜花和麦苗

母亲养大的蚕子爬上稻草扎的架子，织茧，小小绣工
母亲懂针线，灯下缝补，她却躺在木盒子成蛹化蝶
父亲修剪桑枝后，不怕冬旱，不怕霜冻
灶膛耐烧的枯枝，烘笼里不打瞌睡，捂热我的梦

老桑树无人剪了，寂寞地长，还是茂密的叶子
还结桑葚，成了蚂蚁的美食
地里难见油菜和小麦，乡亲不愿播种
种了，争抢不过鸟雀

我摘下新鲜的桑叶当蔬菜吃，熟悉的味道
咀嚼的声音像蚕，我吐不出丝
我没有蚕的本事

（选自 2022 年 7 月 22 日中国诗歌学会公众号）

向青涩致敬

蒋宜茂

山峦被夜雨洗成幽静，
红尘悬浮，随溪水远行。
困倦的夕阳正追赶黎明，
清风吹落鸟鸣，
铺满照母山的小径。

他在草蔓中
寻觅当年的誓言，
捡拾起任性与轻狂的碎片，
双手颤抖，
拼凑不出青涩的雏形。
大青石斜躺，
依然沉默，
浑身的苔藓淹没了
白云见证的笑声与足印。

三角梅簇拥绽放，
摇曳的火焰，
烘烤湿润的双眼。
事物的容颜，
时光浸染　嬗变，
留下渐行渐远的背影。
站在心田的仪式台，
对往事鞠躬，
向青涩致敬。

（选自《诗歌月刊》2022 年第 8 期）

三辑　童心

春天的河流

袁丰亮

与消融的冰雪多么相似
山坡与悬崖间架起了新桥
春风带着清爽的翠绿
敞亮的问候
在原野上奔跑

故乡的沂蒙山
是春天绘出的一幅画
在摇晃中醒来
和着水声和鸟鸣的节奏
沂河水，是打开的话匣子
随春天的河流哗啦啦流淌

春意扑面的河流
在细碎的冰凌上翻卷
在鱼虾洄游的浅水里游动
河岸边的孩子
在探寻着春天渐露的秘密

（选自《诗刊》2022 年 10 月号上半月刊）

把春天领回家

米　戛

洛玛，梯田的酒窝
梯田把寨子揣在心窝
春天的手
轻轻一摸，田间地角
就绿了，少年的叶笛声
女人赤足走过田埂
背上，一支支
装满水的竹筒
晃晃悠悠，滋润
土掌房里的日子

多依树收下
年轻小伙子的情歌
三弦，让姑娘的心
像花蝴蝶
在樱花丛中飞舞

外婆粗糙的手，抚摸到
自己的青春
想到她年轻时
在布谷鸟的指引下
穿上新衣裳
弯腰插秧
山歌，田间回荡

（选自《诗刊》2022 年第 5 期）

开花的挂历

刁家乐

开花的挂历，在时间里
跳跃着意想不到的惊喜
老奶奶画出了开花的日子

小孙子生日，红花冲出挂历
虎头虎脑的小子，多招人喜爱
花朵在酒杯，沉醉于步步高的旋律

老奶奶的红花，又开出寿桃展示
老树吐新绿，温暖今夜的圆月
众星捧月的甜蜜，剪影全家福的日子

适逢国庆，开出的红花鲜艳夺目
举杯庆贺祖国生日
日子甜蜜，梦里也笑出声来

（选自 2022 年 12 月 24 日"中乡美文化"公众号）

九月的明信片

王　伟

当此刻的脚步成为几十年后的回响
我会说，呵，那时候的目光多么稚嫩
你一眼看穿我的小伎俩
你问：葵花为什么垂下黄金的头颅

除此以外，我不敢说成熟
你深谙秋草的不安和诗意
远道而来的群山都是你的孩子
他们仰望云的笔迹，读着天空的留白

谢谢你一路催促慵懒的攀登
从岩画上领出羊群，把羊群领进深刻
你说，来吧，把动词刻进石头
让石头在笔尖上舞蹈

老师，九月的明信片夹在日历里
它推敲我，也推敲秋天的编钟
我咀嚼石子，也咽下一条条彩虹
努力长成你爱的样子

（选自《绿风》2022 年第 2 期）

三辑　童心

春天来信

陈贵根

带刀的风挡不住

雪上加霜封不住

你，悄无声息

蹚过江河，爬上山坡

掠上缀满芽苞的树梢

潜入被严寒封闭的门窗

吹哨鸣笛，广而告之——

春天的来信，悬挂于天地之间

那些尚在蛰伏的爬虫走蚁

那些暖榻之上蜷缩的人们哟

快快苏醒，清清嗓子

用三、六、九岁的童声

一起吟咏

（选自《扬子江诗刊》2022 年第 2 期）

蝴蝶飞呀

鲜　然

现在，她藏身花朵
就想在美好的梦里歇着

为什么不帮帮她呢
帮她也是帮助自己呀

花朵就是人世的幻想
沿着一条叶脉，走到头便是春天

春天穿过花丛，回到镜子上
回到故事的开始

故事的开始，有惯常的说法——
很久很久以前……

（选自《草原》2022年第3期）

三辑　童心

一朵花的去向

马正文

二月的一个清晨
我在关注
一朵花的去向

这时
有清晨的鸟鸣
指引着我
去寻找你一路芬芳的模样

那潺潺溪水一样　透明的
抑或是　少年初恋似的
你的模样

二月
一个诗意发芽的清晨
我在关注一朵花的去向
连同我青涩的爱情
像蝴蝶
飘进别的花丛

（选自《小百花》2022 年第 4 期）

早 春

简 笺

想给你写信
说你好，玉兰花开了
又落了些

那株紫叶李要是还在
一场雨过后，枝头定会缀满
小小的祖母绿

鸟鸣，不时从窗外漏进来
阳光下眯着眼
一条甬道，望不到尽头

河水像你年轻时的样子
有人轻轻吹起了口哨

（选自《诗刊》2022 年第 5 期）

三辑 童心

小兽快跑

徐永春

小兽快跑
在横石岭有野兽出没
我知道柏林昨晚上山了
他带了五个铁夹子
像埋地雷一样隐藏在灌木丛中
快跑啊，
麂啊，野兔啊，獾子啊
亲爱的小兽
千万不要踏进那欲望的圈套
我准备了夜色，派爱犬阿黄上山
用吠叫撕裂岭上的宁静
趁势放倒了那棵消息树
可是……阿黄啊阿黄，你怎么
偏偏就选择了那条小路了呢
枯草也藏着阴谋，嚣张的铁夹子
断送了你一条腿，但这还不够
柏林恨不得杀了你，因为
菜场的老王直到晚上还在责骂他
黄了几单好生意。

（选自《十月》2022 年第 6 期）

为荷而来

唐宝洪

娇羞的荷花
与天空深邃的眼对视
荡漾清新的香韵
捧出舒缓的风雅

其实不是偶遇
我为荷而来
出浴的轻风
撩逗纤纤酥手
抚弄大地的琴弦
挡不住的思念，似烟雨江南

佳人宛在，无须怅惘
我为荷而来
纵然忧郁如影相随
纵然明枪暗箭防不胜防
纵然未来没有明确的答案
朵朵荷花
化身为怦然心动的薛涛笺
纯净了你我的眼界

（选自 2022 年 8 月 23 日《诗天下周刊》2022 年第 64 期）

春夜遐想

蒋本正

河畔，有个小院子，野生的杨柳
围一圈木篱笆，三五只羊
得有一匹伊犁马
飞驰草原
种几棵桃杏，栽三两丛菊花
最好还有一口池塘，有莲，有鱼
几只白鹅看家
清风徐来，举杯邀月
煮茶烧饭，做几样家常小菜
读唐诗宋词，读庄子陶渊明
最重要的是读自己
最后，还有夕阳和你，这就是我的幸福
一生的追求

（选自《伊犁河》2022 年第 3 期）

立 春

樊文举

这一刻，大山睁开朦胧了一冬的双眼
筹划——脚下满坡的花红柳绿
村前的那条小溪，缓缓地伸了伸懒腰
将岸边泛红的柳条的舞影刻在了骨头里
我打开关闭了一个季节的门
乘着月色，将心中最美的那句诗行
挂在今夜最明亮的那颗星星的颈项上

风，柔柔地抚摸着僵硬的大地
几滴雨，擦洗起泥土昨天的暗伤
河水羞涩地扭动着细腰
奔向下流村口处干渴咩叫的羊群
一棵冰冻的嫩芽时刻想起一只蜜蜂的远足
小鸟探了探头，自巢穴展翅
以矫健的身躯为蓝天增补一朵翱翔的鲜花

一只老牛扬头，义无反顾地走向田间
汗滴在田埂上倾听麦苗破土的声音
一对紫燕漂洋过海，飞向我的屋檐
野草的清香已塞满了我的小屋
窗前，案头，我展开宣纸、提笔
勾画起春天日出的模样

（选自《诗歌月刊》2022 年第 11 期）

三辑 童心

秋 林（外一首）

张 靖

秋天是一种回归
可卸下所有的幻想物
像蒙面人摘下面罩
透过阴影和光线
尘世的可见物越少
镜头的内涵越深邃

归 鸟

鸟儿，山林中最柔软的部分
被夕阳笼罩着
也被我们的心灵笼罩
在景深的构成里
归巢，这个小小的仪式
充满深意

（以上两首选自《阳光》2022年第3期）

有故事的紫云谷

陈阳川

下马，我横渡西江
步入天青湖等你的激沲
你在风雨楼
揽风听泉

问守护老坑千年的金鱼
取一方砚，你洗笔研墨，待白云出岫
我折竹为简，临摹古道竹林，山涧水潭
书觅玉寻砚的故事

一条长溪抚琴浅唱忧伤
黄昏留下空谷足音
我留下你

（选自《太阳阁》诗刊 2022 年 1 月总第 13 期）

三辑 童心

一枚青杏

李景辉

今年的春天来得晚
那些杏花也就开迟了
迟开的杏花又赶上了大风
还没等手机拍成抖音
花就落了

这个春天呦
姗姗来迟，又匆匆而去
我怜爱地望向
被花离弃的树杈
分明看见
花朵落后的树枝上
长出一颗绿油油的青杏

不是吗？只要有阳光
即使在沙漠里，也能
种活绿色的春天

（选自《阳光》2022 年第 8 期）

四辑　劲旅

一枚子弹壳，醒着（外一首）

峭 岩

它不会死亡，一直醒着
在我的书案上，在时空的明媚里

子弹壳，一种信仰
战地的一声呐喊，永恒的铁

它来自哪里已不重要，它是兵书
它是人类改变世界的宣言

在它的前方，是狰狞的牙齿和魔爪
在它的后方，是一片宁静的田野和湖水

我愿意和它谈论过去，也交换思想
它告诉我：最高的是尊严，最阔的是自由

我打开诗页，放牧我的诗歌
去瞄准黑暗的靶子和狼的眼睛

一条堑壕，在时光之上

堑壕，蠕动着，弯曲着
躺在山坡上，沧桑着，转动着眼睛
吞吐着历史的血

从那里跃起的枪支和骨头
走向远方，行走的浪，飞翔的鹰
都有它的姿势

时代的大潮来了
高楼包围了它，铁路越过了它
它是一个抹不掉的伤口

我要告诉我的孩子们
生活是由无数个节组合的
堑壕是一个血与火的节
它承载过祖国的疼

它已悬在时光之上
望着我们修路架桥，缝制衣裳
又不时输送精神的光

我们从那里跃出，是雷，是火
一手修建家的房子
一手磨砺醒着的刀枪

（以上二首选自《星星·诗歌原创》2022 年第 10 期）

四辑　劲旅

夏　日（外一首）

郭晓晔

世间被季节的热情充满
大地像燃烧的草原向远方蔓延
生长像衰败一样不可遏止
像一个赤脚的少年在烈日下赶路
他一脸茫然，眼中透出自信
他还不知道要去哪里，又似乎有确定的目标
他仿佛已经在这个世界行走了许多个世纪
早已拥有了一切，又仿佛刚刚开始
每到夏天，我都会怀想这个少年
就好像咀嚼着空空的幸福

雪花天

是不是所有走过的日子都是雪花天
那一扇扇窗口打开的日子
仰望星空，似乎一步就能抵达
那跃马扬鞭，打着唿哨
驰过的草原、荒漠都是雪花天
每一个弯道，每一个陡坡
身边掠过的每一棵树，每一条河
每一件乐器都是雪花天
那昏沉沉打盹的夏日午后
那无聊的平庸的日子
从噩梦中醒来，失落，焦虑

那被赋予意义的或茫然若失的日子
多么奇妙，多么抒情。那过去了的
在黑暗中挣扎穿行的也是雪花天

（以上二首选自《牡丹》2022 年第 12 期）

四辑　劲旅

屈原·徐志摩（二首）

康　桥

壬寅端午节的思念

我以这样的方式，和您对话
一条沉默的江水
一块沉默的石头
一个沉默的时代
落日下的艾草，为屈子招魂
我的内心有了江水
有了水底的月亮
可是，我们却没有谁
再有屈原的勇气

赞美是一件易事
到一条河流里
和屈子对话，却难
哪怕离去的日子，也不曾绕道探望
哪个诗人能替屈子
在水底待一时半会儿
我寻找着屈原，寻找着屈原的故国
并把思念的粽子，放在屈子手里
我看见，诗人手里的石头，顿时化为乌有

（选自 2022 年 6 月 25 日《军旅诗界》微信公众号）

志摩，冬天来了

志摩，冬天来了
月光飘雪了，落花飘雪了
泉城的泉水飘雪了
我走向你的脚步飘雪了

雪花覆盖了你
覆盖了张幼仪
覆盖了林薇因
覆盖了陆小曼
雪花没有覆盖的
是你的那首诗
《再别康桥》

志摩 冬天来了
别忘记戴手套
你不冷 我就会不冷
张幼仪就会不冷
林薇因就会不冷
陆小曼就会不冷
泉城济南就会不冷

志摩 冬天来了
春天就会不远
春天的小草会醒来
春天的花朵会醒来
春天的泉水会醒来
告诉我 你何时醒来

（选自 2022 年 11 月 22 日《军旅诗界》微信公众号）

军人的月

强　勇

新兵时候，我把月亮叫思乡
那弯弯的半月
总是闪着想家的泪光
白天唱起"军营男子汉"气宇轩昂
晚上望着明月，忍不住思念我爹我娘
知心的月亮
照我训练，陪我站岗
伴我度过了那段难忘的时光

当了班长，我把月亮叫行囊
它装着我的心事也揣着我的理想
夜间奔袭我们疾步前行
月亮一步不落紧紧跟上
抗震抢险我们拼命救援
月亮一样急着追光照亮
哦，月亮既是我贴身的伙伴
又似我蓄能的电场
伴随我实现一个又一个梦想

有了恋人，我把月亮叫姑娘
人分两地天各一方
虽有离别情、相思苦
但每到月圆之时我们都会不约而同、深情仰望
你的那半叫嫦娥奔月、烘云托月
我的这半叫边关冷月、彩云追月

军人的爱情就是这么浪漫
不在朝朝暮暮，只为地久天长

打胜仗时，我把月亮叫花房
壮士威风凯旋
连明月都会含笑怒放
那漫天的星星分明就是一片一片祝捷的花瓣
月光洒到哪里
哪里就弥漫着欢庆胜利的芳香

哦，月亮啊月亮
古人吟诵你自有古人的情趣
战士赞美你更有军人的衷肠
你既是我形影不离的战友
也是我千里传书的红娘
更是我百倍警惕的目光
佩戴在胸前，你就是夺目的勋章
流淌在笔下，你就是戍边的诗行
弯曲成号角，你能吹奏雄浑的交响
编织成花环，你能装点英雄的荣光
你辉映我出征时的金戈铁马
你寄托我缅怀时的无尽思量
你和军旅有天然的情愫
你和军人有共同的担当
当过兵的人都知道
军人的月最美、最亮
军人的月柔情似水
军人的月铁血阳刚
军人的月中有千军万马万千气象
军人的月中有家国情怀，山高水长

（选自 2022 年 12 月 2 日《解放军报》）

四辑 劲旅

镜　像（二首）

徐丽萍

镜子能看见一切

镜子能看见一切

再羞怯的少女

也会放心地把自己呈现给它

一株含苞欲放的花朵

一颗青涩的果实

镜子不暧昧　没有欲望

它占据一切　又摆脱一切

就那么清心寡欲　又坦坦荡荡

那古灵精怪的美　歇斯底里的歌唱

凌乱的发型　搭着时尚的青春

鲜艳欲滴的嘴唇　咬着颓废的夜幕

镜子像一个恋人　安静地注视着你

你进取或堕落　美貌或丑陋

镜子不占立场　对一切袖手旁观

又视而不见

行走的镜子

镜子总是在行走　那么多

经过它面前的人

都被它藏进深不可测的记忆

它像是一个可以装下一切的口袋

那些琐碎与喧嚣 愁苦与欢颜

都在它面前原形毕露

镜子就是镜子 把真相交还给你

又为你消灭证据

镜子成为最忠实的守密者

光鲜或猥琐 美貌或丑陋

都躲不过它显微镜似的剖析

繁华落尽时 镜子又变成了空的

又会有新的人和事 闯入它的世界

在历史向前与交替中

擦去落在它身上的灰尘

镜子在时间中穿行

它是那样虚无 又那样坚实

可以瞬间破碎 摆脱时间的掌控

成为一个不可思议的谜团

（以上二首选自《绿风》诗刊 2022 年第 3 期）

四辑　劲旅

羊（二首）

第广龙

盐池的滩羊

一只滩羊
舔一口盐，吃一口草
让皮毛更暖和
让皮毛包裹的肉
能忍住疼
羊知道结局
自从认领了羊的命
就认领了结局
认领了宰杀和献祭
在盐池，滩羊的一生不缺盐
骨头都是咸的
不需要再流泪了——
滩羊的身子里
又走出来了一只滩羊

（选自《绿风》2022年第1期）

羊的眼睛

红油，蒜蓉，醋水
羊的眼睛，不辛辣

不酸楚，自然不会流泪了

吃掉羊眼睛的人

吃的是口感，不是羊的眼神——

那么温柔，摇曳草的影子，人的影子

吃着吃着，这个人哭了

这个人刚和爱人分手

哼唱的谣曲里，把爱人的眼睛

比作羊的眼睛

（选自《延河》2022 年第 2 期）

漩　涡（外一首）

赵克红

我站在河岸上　看到一个
巨大的漩涡　如同河水避之不及的
一场苦难
看不见它的牙齿　只听到
惊心的咀嚼声
浪花一朵　一朵　带着各自的
理想和悲欢
或沉默　或呼喊着
跳进去
很快就消失了
这多像我记忆里
那些亲切　卑微的身影
面对生活里的漩涡
收不住
也避不开　甚至
来不及迟疑地　把自己
填进去

牡丹，此刻的意义

牡丹一尘不染的花瓣
多像我们精心打理的生活
花瓣重重叠叠的层次
多像我们的梦想

中国年度优秀诗歌 2022 卷

总是渐入佳境

一片片绿叶托举着的事物是什么

历经沧桑的我们

早已心领神会

而一个个枝丫多像一个个手指

捻着我们含而不发

却又欲罢不能的言辞

（以上二首选自《延河》2022 年第 5 期）

四辑　劲旅

锡林郭勒草原的月亮（外一首）

冰　风

我确定，那是我今生见过的
最蓝的月亮

夏风吹过毡包，和四周
被月光染蓝的青草
愈加苍茫
任何语言不再重要、词汇尤其多余
只有马头琴，在低回婉转诉说

离别的友人
把盛满热泪的银碗举过
如烟往事的额

岁月的白鬃马
等候在多年之后，毡包孤寂的拴马桩前
勒勒车驮走一望无际的草原

时光里，所有的事物都会褪色
但我看到，锡林郭勒草原的这枚蓝月亮
依然清澈如故

期　待

天气阴沉

中国年度优秀诗歌 2022 卷

一场雪，将会在你意想不到的
时刻，悄然降临

对于雪，心里早有许多期待
可现在却又有几分犹豫
因为我还没有为梦想准备好足够的干柴

谁灰暗枯萎的莽原，不渴望被皑皑白雪
一次次覆盖
谁的激情不是在一团篝火下
和白雪，刻骨铭心融化在一起

可是，我还不想燃成白色灰烬
我愿意保持木炭的黝黑
像映雪的一面镜子，陪你走过这孤单的
尘世

（以上二首选自《草原》2022 年第 8 期）

四辑　劲旅

芳香之上（外一首）

齐冬平

草香花香属于草原和草原的这个季节
街上走过，沁鼻的还有树木的馨香
道路从草原中间横贯
似一条拉链，拉开草原植被厚厚的体囊
溢满芳香的空气无私开放的传送

梦回大草原属于芳香之上的季节
理性之后发觉传颂草原的曲目排行第一
经典曲目连同传唱人似乎很近很亲切
牛羊群还在草地上若隐若现

每个人的心中都有属于自己的那片草原
草肥草香随着岁月流动飘逝
蒙古高原风的赞歌还在编排演练
记忆中它会一路向南，风的琴声很美很凛冽
芳香之上，储存好凝固的秋风

方形山上有棵树

太阳雨是太阳的微笑
一阵飘泼，把万物洗涤一新
露出灿烂的笑脸，这是一次久违的洗礼

长长的方形的山，绿茵茵浅绿在深绿中

光影巡视过后，一寸寸深浅交织

山花五色，蓬勃烂漫

方形山不远处伫立着，候着草原主人光临

一棵消息树立在山头，有马儿在山下奔驰

树在风中摇曳着，似一面旌旗迎风而立

翻过方形山，我们到达草原部落

（以上二首选自 2022 年 9 月 27 日"平安简单"微信公众号）

一席谈（外一首）

毛 子

三月初七，在青峰寺
我和一个佛的游方弟子
谈到何以言。
他说：忘掉语言靠近一首诗。
他话起时，一只蜜蜂
停在花蕊上，一只鹰在扩大山谷的胸襟
而一阵风松开了所有的山林
我感到无穷动。
他饮口茶，继续道：
像这阵风，从这座山翻过去然后再翻过去
然后再接着翻过去
就会遇到那个抱着空气弹琴的隐士
一千多年过去了，他一直在弹
一把看不到的琴。
你要找到这个忘言的大师，所有音乐的大先生。

空寂之道

一只碗，守着它的形状。
这里面，有一种毕其一生的东西。
你无法将那东西倒出来，它是空的，看不见的。
它让人想起那位旷世的画师，晚年放弃了色彩
绝迹于空无。
哦，空无。恍如一个球状的回声冉冉升起。

在它的边际，东土大唐的玄奘
还跋涉在大漠西域的途中。
广寒宫的吴刚，还在砍那颗砍不断的树
而面壁的达摩，依旧一动不动。
而画师、达摩、玄奘、吴刚……
他们都在毕其一生中
和这只碗融为一体。
现在，打破这只碗
但我打不破，它的空。

（以上二首选自《人民文学》2022 年第 2 期）

需 要

梁积林

需要拆除

需要重新修复

一个字，组成的词啊

已是补丁摞补丁

已是满目疮痍

需要一艘船，载来一条蔚蓝的大海

需要一场雪，落下人间无限的白

需要芦苇荡

需要风

风吹芦苇荡，像是再造洪荒

需要远行

需要攀登

每个人都是自己的一座珠峰

需要一列火车

载着大片干干净净的月光

驶入肺中

（选自《人民文学》2022 年第 3 期）

绚烂的六月

滕朝阳

我在五月的街头
守望春的尽头
但我等到的
是夏天的赤脚
以及爽约的握手

我等来了绚烂的六月
却没见到闪动的眼眸
是你躲在六月的身后
还是六月遮盖了你的眉头

你就是绚烂的六月
是怒放的花
是深绿的晨
是倾盆的雨
是热烈的光明

你是绚烂的六月
自由盛开的风景
我是绚烂背影中
将要响起的蝉鸣

（选自 2022 年 5 月 20 日《四川日报》）

四辑 劲旅

水底的火焰

李　成

水底的火焰为什么存在
水底的火焰为谁而生

是不是那一束阳光
来自七万米的高空

是不是一束地火
冲破一千里的岩层

你被置于水中
为何没有熄灭

在水底轻轻曳动
是一缕烟一片云一束光影

水底的火焰蓬勃
预示潜藏的不屈的心

被水包围变成琥珀
被水催生与浪共舞

水底的火焰
你在把我呼唤

水底的火焰
你把大陆架向陆地引领

水底的火焰
千里驰骋千里辉映

不仅照亮浪花与水族
不仅照亮犀牛与寒冰

水底的火焰
为我开门为众生开门

把我熔化吧
自手指到嘴唇熔入火中

水底的火焰
把水底变成天空

（选自《诗歌月刊》2022 年第 11 期）

栅栏围起了寂静之美（外一首）

郭宗忠

栅栏围起了寂静之美
飘飞的落叶
又要到泥土里扎根
你也安静地坐在落叶边上
落叶有了不动声色的高贵

鸟声穿过了层层叠叠的树林
在秋天裸露之前
你还看不清鸟儿何处隐身
它们也有围拢过来的栅栏
在自己的天地里
叫声才有了寂静之美

栅栏之内没有了人迹
一壶茶饮胜过了酒樽
在稀有闲静的尘世
一遍遍走在积厚的落叶上
你说，那是秋天走来的
声音

暖　巢

喜欢这黄昏慢慢垂下来的时光
鸟儿也从远方回到了巢里

它们看着夕阳余晖
将一天的忙忙碌碌安静到金色

一切在黄昏慢慢梳理翅膀
你也会坐下来，看看窗外的景色
一杯茶，一杯咖啡
慢慢。一种安抚心灵的仪式

一切戛然而止
所有的喧哗悄悄化成树的剪影
你还是喜欢你喜欢的那棵树
日子久了就会羡慕那两只筑巢的喜鹊
在我的树上，永远有一个黄昏的暖巢

（以上二首选自《星火》2022年第4期）

四辑　劲旅

武　器（外一首）

陈群洲

一条鱼，只有打开它的身体
才能看到它的秘密。才能明白，弱者
也有让人不敢轻视的理由

它小小的血肉之躯带着致命的刺

那个叫邓玉娇的湖北洗脚妹
也是。在低处，循规蹈矩
讨生活，只卖力气

脸上羞涩的笑像打开的花朵
可是永远只卖力气。只有被逼到高高的窗台上
我们才知道，她一忍再忍
原来身体里也藏着封喉锁命的刺

（选自 2022 年 9 月 16 日《红网·诗歌时刻》）

摘星台上我们看到的山零碎且已经停止了晃动

风停了。这一刻，天空之下的
黄石寨，静若处子

异想天开的风把整座整座的山
恣意吹开，吹得零零散散

只剩下瘦骨跟无边落寞

时间的海里，阳光缓慢
被切成条状的山，零碎，且停止了晃动
百丈危崖上，唯有我们的心
咚咚，咚咚地跳动

（选自《鄂尔多斯》2022 年第 9、10 期合刊）

四辑　劲旅

发射场飞来一只蜻蜓

丁小炜

是哪一个夜晚
你跃过海平面，带着湿漉漉的
海的味道，潜入这座城堡
飞呀飞，多少次碰壁，多少次回旋
你决定迫降。扇动的羽翅静止在
油漆未干的跑道

这是火箭出征前的体检大厅
无声的湖面，因你的到来惊起微澜
整个大厅是一块晶莹的琥珀
从此定格你的生命浮雕

我姗姗来迟
蓦然回首，目光陷进你的今生
陷进年轻航天港历经的暴风雷霆
美丽的红蜻蜓
这是中国文昌，火箭的每一次轰鸣与升腾
都会唤醒你沉睡的梦境

（选自《陆军文艺》2022 年第 3 期）

在茅台做一个古人（外一首）

王小林

我说我是茅台千年后的子孙
有条叫仁岸的巷子
告诉我，我还不配
我闻闻自己的身子
除了没有酱香

我是真心的
酱香是茅台的体香
而我只是个匆匆的路人
我没有资格拥有酱香
也没有资格谈及酱香
吮一口，满口齿香回味
酱香只是我记忆中的过客
一千年以后，茅台还在
赤水河还在
酱香还在
而我的骨头不仅没有响声
更没有酱香

（2022年4月9日网刊《繁华落千丈》）

思考的树

三百年前
你是一粒无根的种子

四辑 劲旅

三百年后

我还只能仰视你

也许，再过三百年

不，或许三千年

三万年

我早已变成一抔黄土

而你仍傲立在那个

让我无法企及的高度

（选自《名家周刊 113》网络版 2022 年总第 1071 期）

仰望星空（外一首）

徐小华

时间关拢了月色。夜空寂静
星辰止于对视
而将喧嚣留给了人间
有多少曾经的永恒幻化为流星
我因仰望闭上双眼，沉默
总是先于热爱抵达

今夜，我借星辰确认自身
它们因遥远而隐藏了光芒，我因短暂
而显影于尘世

山 门

月色已搬不动什么。风轻声
走过花影，它把落地的回忆
一片片捡起又放下
世间的美好总在徘徊里化身凄切
山门外蝉鸣似渴，山门内
秋声如寂
夜色正一寸寸收走往昔
只留一支竹影，倚住山门
僧人入定般地假寐

（以上二首选自《安徽文学》2022 年第 2 期）

四辑 劲旅

天柱山炼丹湖（外一首）

崖边的梅，落水为舟
守望，在凝听痴心

酷似苦修的道人，虽昙花一现
仍以岸边撞碎的浪花为邻，养真

水鸟飞旋，剪出经文
刻意为瓣形梅舟，指点迷津

小心翼翼，守口如瓶
梅瓣依然未改粉红色的肉身

湖里的星星，忽然苏醒
托住了天地间纷纷扰扰的倒影

青峰山爱情谷

布幕徐徐合拢，
黑色的背景之上，
一切都在忽略之中

星星的孤独，崖边的背影，
是谁遥不可及的痛？

天堂和地狱若折叠在一起，
天使的背影，就是那道折痕

请你奔跑在爱情的前面，
至此省略针尖上的煎熬
或刀刃上的苦闷

你们，如幽灵般光临，
把彼此变成了雾中的风景

夹竹桃的旧红，
是一朵朵初始的浪花
欣赏的眼睛里，是另外两朵
而贪婪的心，是最后那朵

（以上二首选自《安徽诗人》2022年春夏卷）

四辑 劲旅

VR眼镜

张怀帆

那长相，和我童年在乡下见过的

"驴蒙眼"，有些相像

正好，它和"驴友"的想法不谋而合

探索，或者体验全新的世界

如果只有一次选择，我愿意

去《红楼梦》里穿越一番

细细地看，大观园的一草一木

一花一鸟，一瓦一石

那些散发着香味的食物飘起的青烟

近距离地，听黛玉的咳嗽

或者，嗅一嗅栊翠庵的茶香

如果条件允许，我要一一地

把我喜爱的古人追随一番

老子的青牛，孔子的牛车

庄子的蝴蝶，陶渊明的柴扉

以及李白的酒摊儿，但是

杜甫那里暂时就不去了

会加重我的失眠，不过可以看看

他浣花溪畔的邻居

唐朝是必去的，在它的天空下坐一坐

静静地看，那么多闪耀的星辰

宋朝也是必去的

那些勾栏瓦舍，秦楼楚馆

跟随苏东坡，看他怎样把人间的劫难

竟然做成诗词书画，一蓑烟雨
柳永也是我好奇的
他那么潦倒，怎么还能寻花问柳
还有李清照、薛涛、卓文君，甚至
那个让皇帝通过地道约会的李师师
太多了，名单开不完
估计足够我后半生游览
但有一个，说出来有点难为情
我还想去《金瓶梅》里
看潘金莲，到底有多么
风情万种

（选自《延安文学》2022 年第 4 期）

四辑 劲旅

夜　行

袁雪蕾

看夜色泼墨九峰，晚风拂过花庭
不如看她
舒展翅羽，去会晤梦中的你

其实她不知，此刻你身居何处
对着山岳河流吹一曲清笛
纤云就会指引一条魔幻的路

她一提速，鸿影融为黑夜的一部分
她一停歇，轮廓又渐渐清晰
她用整个良宵赶赴
唤得出所有星座的名字
却在抵达你呼吸的转瞬
把来程当归途

月亮徘徊于斗牛之间
她徘徊于羞怯的灵魂和不羁的骨头
神经复杂地思恋，单细胞地生活
皆出自赤诚的心
夜夜缄默歌喉，低垂犄角
将踽踽独行等同于携你的手周游寰宇

（选自《浙江诗人》2022年第6期）

中国年度优秀诗歌 2022 卷

210

一个战士眼中的秋天

赵 琼

在一轮秋阳之下守护秋天

守护长在秋天里的每一颗

与自己一起经历过风雨的果实

和每一粒，与自己一样

成熟于磨砺的每一粒稻米

与此同时，他还与一枚红叶一起，

回忆一朵绽放于春天里的花

是如何在春天之后的某一刻

最终成果

在一个战士的眼里

秋天，当然要归于收获

归于收获之后的辽阔，并始终坚信

播撒在秋天田野的每一缕秋阳都会遍布于世界

被渴望富庶的祥和一一收藏

在深秋，正在擦枪的战士，如其他三季一样

一丝不苟，就像此刻所有的花朵都在根须的最深处

谋划着来年每一颗果实的前途

一些花，开在深秋

开在军营之外的田间或地头

虽然开得有些晚，但成为果实的本意

让它们比那些已然成果的果实

显得更加努力，而且刻苦

（选自《解放军文艺》2022 年第 2 期）

四辑　劲旅

河对岸树梢上那只鸟（外一首）

吕政保

我站在河这边
看河对岸树梢上那只鸟
河不窄，还没有桥
鸟儿久久不愿飞走
不知她在等待前世的约定
还是故地重游记忆深处的伤痛

与鸟儿的距离
让我没法定焦她的心思
我迅速从摄影包里掏出
相机和长焦镜头
才发现，鸟儿的眼神
与我的眼神，于一个频道心动

（选自 2022 年 7 月 24 日《宝安日报·宝安文学》

摘松果的女人

清明节的阳光下
一位女人给娘上坟
总要摘三枚松果放到娘的脚旁
从不因刮风下雨而放弃这个习惯
哪怕脚步变得日益蹒跚，身子越发佝偻
路边的几棵松树

也渐渐成了一年一次必经的等待
那一年，松树的记忆链上等待落空
借风打听
摘松果的女人也把自己古稀的年纪
收进坟墓
松果便拜托飞鸟
将自己长在女人的坟旁
方便她继续摘松果

（选自《天津文学》2022 年第 4 期）

丁香花开（外一首）

柳　歌

再次遇见的时候，春色尚浅
丁香在枝上打结，海棠
在庭前倾诉；有那么一刻
岁月突然倒流，你穿着碎花的衣裳
立于庭院深处，笑容
让大半生的光阴迷醉，不知归处

把一丝忧郁浮起，把淡雅的身影
投射在今日，把那个
比早春还要羞涩的女孩重新找回
依然纯净得让人怜悯
一别经年，你已有了太多的愁怨
细致而缜密

那么多的过往，全都历历在目
看起来依然新鲜，暗香袭人
菜花满地儿疯跑，桃花处处留情
只有你，挽着我的衣袖
一刻也不舍得放手；又一次把我
逼于春天一隅，没有退路

丁香花开了，让这小小的院落
顷刻间变得不同：一下子
便有了唐宋味道，也有了江南风景

更远处的诗经，不经意间
翻出一页白雪。雨巷中，悄然走出
一袭素衣，面色清丽，香肩削瘦

大雪过后，人生可以重新布置

最撼动人心的，不是一朵朵雪花
如何飘落，是一场大雪过后
这个斑驳陆离的江山，如何被一支
手无寸铁的奇兵，瞬间统一

用白银来塑造尘世，那是
一种怎样的奢侈！大片的雪野里
爱意长势喜人，又纯又真
大雪缓解了饥渴，又止住了疼痛

如此多的美好堆积于地，每一片
都是净土，蕴藏着无限生机
可以引燃二月的惊雷，也可以点亮
三月的桃花

更让人欣喜的，竟然一下子
拥有那么大的留白，任你放飞自己
仿佛江山，可以由你重新收拾
人生，可以重新布置

（以上二首选自《京九文学》2022 年第 2 期）

四辑　劲旅

错过的杜鹃花开（外一首）

胡玉枝

匆匆地，为你而来
为着不约的邂逅
为满山的飘红

你娉婷在风雨中，洒下的身影
是怎样一场离去的花雨
无数的血的精灵
一滴滴坠落
化作火焰，燃烧
吞噬了所有的欲望之后
飞升 涅槃

谁负了蝴蝶春心
锦瑟年华
湮灭在无边的虚无里
满地茫然
追忆着红尘西风

转身而去
——致敬袁隆平

那些谷穗
总是在成熟之后
垂下头来

沉沉地写满了心事

风吹过

摇曳的郁金黄落了满地

就这样　小满未盈时

您放下了所有

转身走进了

那片开满蛙声和稻花的天堂

在来时与归去的路上

那些起起伏伏

都按在了脚下的泥土里

和胸膛中

米菩萨

您驾鹤西游是否在

禾下乘凉

何时再来人间

扶起垂落的秧苗和记忆

（以上二首选自《青海湖》2022 年第 8 期）

望见了风

郁　笛

当所有的枯黄，面向一幅壁立的原野
这些草是洁净的，这些匆忙中

被大地遗下的草，并没有停下来
就像我们被运送的落叶，这一刻

我看见了一棵草，在荒滩上摇曳着
慵懒的时光，没有被远处的风景扰乱

一个季节的秘密，其实并没有走远
你只是珍藏了她的微小，和渺茫的背影

现在，你从这些纷然飘落的枝叶间
望见了风，在四野里逃散

溃败，有时候是没有方向的
我宁愿相信一棵草，匍匐在地上的命运

或者还会变得更加缓慢，在一切
还没有结束之前——

（选自《安徽文学》2022 年第 5 期）

麦秸垛（外一首）

堆　雪

母亲在一座麦秸垛前跪下
像是跪倒在一生打下的江山前

母亲跪着，伸出干枯的手指
像是朝一座山发出最后一次乞求

母亲用了毕生的力气去抽麦秸秆
像是从一束光里，抽回自己的时间

身体

丰收过后的田野，比往日
矮了许多。此时，天空走下大地
云朵，仍留守高处
躺平后，才发现
那是一座山脉。辽阔无边的怀里
仍抱着一束干枯的阳光和麦穗

鸟雀飞抵，一个
突然降调的音符。没有人
把一片泥土的沉睡，唤作母亲
看着她的身体我不再说话
面对渐渐冷硬的风
我寄望于来年，后又寄托于来世

（以上二首选自《星河》2022年夏季卷）

四辑　劲旅

打扫落叶的人（外一首）

欧阳健子

打扫落叶的人
把一排银杏的落叶
扫成一堆
把秋天和时间堆成黄金

打扫落叶的老人
要为一场大雪
扫出空间

扫落叶的老人
有时顺手拢一下白发
扫落的秋天
一下子就爬满了头

打扫落叶的环卫工人
把根留在很远的村庄
自己最后成为一片落叶
重新回到乡下的雪地
回到一群庄稼的根部

不要忘却红色的草莓

那些红色的草莓呵
我该如何表达你呢

黑色的夜里

我看到你深沉的果实闪亮无比

那情景令我激动不已

我想起一些被你浸润过的事情

你平静的姿势。 隆起而透红的身体

我闭眼吞吃你惊慌失措的思想

从乡村到城市

人们如饥似渴地涌向草莓

愉快地触摸着那些鲜红的心脏

触摸着生命的天空中晶莹的小灯笼

不要忘却手中的草莓

只有她可以让我们看到

爱情的草地远在天边

爱情的嘴唇近在眼前

（以上二首选自《安徽文学》2022 年第 7 期）

雁　阵（外一首）

冷　冰

连续几天的黄昏，都看到雁阵北飞
一字、人字，或者弧形
与我追随的目光，一起
悬浮在空中，又倏忽抹去
北斗七星高挂，星星之下，没有永恒
大地的麦芒闪闪发亮
穿过夕阳的红色指环
时间的路上，生活在反复迁徙中

春向深处走

花朵面前，风常常失控
它们刚刚还抚摸这一朵
突然迅疾离开，奔向他方
一切都在变化
冷暖，阴晴，繁简，衰荣
春越走越深
被伐倒的一棵树袒露了年轮
一生的心事荡漾成涟漪
细细分辨，那些雨雪，那些阳光明媚
装在心里的，被圈住圈成圆，
像我们刻着皱纹的脸

（以上二首选自《诗选刊》2022 年第 10 期）

一朵白云翻动天空

阮文生

一朵白云翻动天空
黎明并非一气呵成

说到打坐就是要稳要准
一场曲折配几个眼神

鹅黄柔弱了飘悬的路径
绿啊蓝啊让心最不平稳

深入阳光不等于碰了月亮体温
温暖和光明都是好东西

真想喊一嗓子
浓睡清醒都是翠生生的

碰到星星不说也不问
论斤过两多么平衡公正

手势平展了白炽化
心思就是叶上的闪亮滚动

啊，天空和大地
都是陈家坞的心情

（选自 2022 年 4 月 14 日《解放日报》）

四辑 劲旅

猪肉炖粉条

李 皓

热气腾腾的木桶，被一位颇具喜感的伙夫
挑上 1948 年 10 月工事林立的塔山
闻惯了硝烟的东北野战军战士
此刻被一种异乎寻常的香味诱惑着
那是妈妈的味道，那是家乡的味道
但他们没时间寻找味道的来源
子弹和手榴弹都打光了
他们此刻更需要石头，他们忘了饥饿
他们又打退了国民党军的一轮冲锋
猪肉凉了，粉条坨了，始终
没有人去盛上一碗香喷喷的大米干饭
后来这一担饭菜，被炮弹掀翻
在黑土焦糊的阵地上，老伙夫的眼泪
在黑白电影里，亮得刺眼，剜心
战士们都睡着了，心满意足的样子
军史上记下了敌人留下的 6600 具尸体
却不曾给这道东北名菜，留下只字片语

（选自《解放军文艺》2022 年第 7 期）

久别重逢

武　稚

住在一个叫"琥珀"的地方，
似乎和"琥珀"并无多少关系。

多少次在灯下，稳稳地坐着，
似乎坐着，心就太平了。
作诗。或是不作。都是一些揪心的事。

多少次像灶下的麦火，微微地明着，
一些念头如果不被发现，
它们很快就会诡异消失。

如何让它们像影子一样，徐徐降落，
并且背负灵魂，记忆，颜色，
那得多少一尘不染，和清寂。

多少次在这条路上来来回回，
有时靠嗅觉，有时摸石头过河。

一想到还有那么几个人看，
我的自卑就稍稍减轻了一些。
高山流水，只适合古人，
而我只感动，不出声。

最不堪孤寂与衰老，
陌生人，你和每一次出现，
我都当作久别重逢。

（选自《诗歌月刊》2022 年第 9 期）

四辑　劲旅

莲子草花开

应文浩

一眼就能看到
芦苇和牛筋草之间的莲子草
连成片
开着白色的小花
如天空远处那些星星
微弱地发着光

一头牛在吃草
它的舌头卷曲着
一口卷掉了叶子和茎
另一口卷掉叶子和花

它抬头望了望
又一口，卷掉了流汁的断茎
和站不稳的半边小花
它甩了甩尾巴
移几步继续吃着

一头牛在这片滩地上
来回不停地吃着
莲子草以及开出来的小花
越来越少了
像夜空，星星越来越稀
直至全无

（选自《诗歌月刊》2022 年第 1 期）

恐 惧（外一首）

邵 悦

术后，麻药劲儿一过
钻心疼痛的，不只是病人，还有时间
身体用阵痛，为麻木的时间植入了知觉
在鲜活的生命面前
阵痛，像一把双刃剑
左边，剔除体内的顽疾
右边，消除岁月沉积的冷漠
你庆幸自己，对疼痛
产生强烈反应。如此甚好
因为，一个人对麻木的恐惧，远远大于疼痛

雪，是后半夜下大的

失眠，导致大脑天马行空
杂乱的往事，蜂拥挤进脑海
睡眠一再躲闪。可我
还是感念纷繁的人间烟火
把我养大，养到失眠
善念一起，大片的纯洁浮现脑海
像一片一片雪花，用飘舞
挖掘冬夜的美丽
直到太阳出来，才悄然离去

（以上二首选自《海燕》2022 年第 9 期）

四辑 劲旅

突然的莲

郝子奇

真正的悲　忍在云朵的后面
闪电不是　雨水也不是

大地的风声
不知道泥土深处的颤抖
落花不知道　枯死的野草
也不知道

黑夜在拉动着苍穹的表情
苍老的残月
还在擦亮每一颗星斗

我在星斗下站着
听着　星斗被打磨的声音
有着不能说出的悲伤

一颗流星　穿过了西边的云缝
落入湖水　仿佛
打磨星斗的老人
提着灯盏　掀开了
天堂的门帘　在大地
找到需要打磨的阴影

我在阴影的角落里

看到了被湖水淹没的灯盏
最后的光　收拢了提灯的老人

一朵莲花　在我面前
突然间　打开了深处的秘密
仿佛那个提灯的老人
隔过死亡　递给我
最后一颗磨亮的星斗

我必须让悲痛
在一朵莲花上开着
就像湖水　像高过湖水的大地
沉默着　不张开哭的嘴唇

（选自《牡丹》2022 年第 6 期）

折　叠

冯　岩

那些折叠的故事在阴雨天像散开的云
在指尖旋转，捅一下就散开

彩虹像一座桥，从一端搭到故乡
长满杂草的河畔留下嬉戏的童年
欢笑声随波逐流

阳光依旧把折叠的时光打开
一张纸布满皱纹的脸还原着千年前的初心
凋谢的牙齿，说出梦里的呓语

记忆像穿越时光的宝盒
即使折叠也会肆意迸溅
一滴露放大一根草深扎泥土的根

（选自《鸭绿江文学》2022 年第 5 期）

心怀草原

陈修平

心田始终青葱着一片草原
思绪是这片草原上的骏马
不必用上套马杆
让灵魂随意愿自由驰骋

这里，不用担心沼泽
也不用畏惧豺狼
想奔驰时就披风狂跑
想悠闲时就慢慢溜达
不必担心跑错方向
清澈的河流
就是最好的向导

不必忧虑没有伙伴，草地上
那么多知名与不知名的花儿
还有起舞的蝴蝶与歌唱的鸟儿
这里，永远不会寂寞
每天马儿都会吃草
每天都有草儿冒芽

（选自《星火》2022 年第 6 期）

第四年军龄

陈海强

春天来到象头山
岩石拖着缥缈的影子，躺在绿色的风中
在岭南，白云的梯子
每一天都架在群山的肩膀上
鸟群挣扎着，飞向高远的蓝天
她们与人类一样渴望着幸福
当黄昏来临，我们短暂地
甩开汗涔涔的背影
面朝起伏的山峦，内心充满着柔情

这一身绿军装啊，在训练场上裹满泥浆
然后被清冽的流水褪去凌乱的色彩
攥紧在手中的时光
像茧子一样，变得厚实起来
自从我一路南下，走进群山环伺的营盘
确信自己拥有了钢枪、梦境和摇篮
就始终期待着能像今天这样
感觉到勇敢的存在
瞧，太阳的马车，正以燃烧的轮子
碾碎山脊上厚重的暗影
整个过程充满了安详，也保持着平静
就这样，无声无息，我迎来了第四年军龄

（选自 2022 年 2 月 19 日《军旅诗界》公号，总第 552 期）

向阳寨的小院

宝　蘭

因为你要来
我决定在向阳寨建一个小院
只为自己留一条进去的路
所有的平方归你
从现在开始种花，开始等你
我要把这漫山遍野的花籽采回来
我要借她们的美，借她们的时间
我要让这里的每一寸土地都覆盖幸福

我开始学习阳光是如何和花相处
不能太过热烈，不能让你寒冷，不能让你知道
我等待太久已经忘记了想要的答案
我每天对着满园的花说，不要开 ，不要开
你不能为了完美就只活这一天

而我是你摘下的那朵花
我没有给自己留退出的路
只想让灵魂在与你的亲近中净化
最近不断有人传来闲话
说我的小院装不下你，装下你需要一个时代

（选自《钟山》2022 年第 4 期）

四辑 劲旅

在人间

徐　敏

只有茶，知道人间的冷暖
遗憾的是，这么多年
我们不喝茶，都是把酒言欢
先干为敬，不醉不休
多少话淹在酒中

喧嚣的人世愈来愈甚，江湖
割据尚存的静好。花儿
不顾时节地热烈，光影炫目
潦草的心迹让所有的日子
放纵，忘记霜降
只有我还在怀念一早起床
步行大半天到上祠堂
坐轮船进城不敢说一句乡音

我们终要坐下来，在某个
无言的夜晚。室外
雪花纷飞，室内炉火彤红
壶架炉上，沸水翻腾
泛起来的热气，融不去
头上的霜雪

（选自《中国诗人》2022 年 5、6 期合刊）

栽 种

李 山

弯腰栽下那棵牡丹时，
一颗邻居似的星，在天壤闪耀。

培完最后一抔土，
想起，那些小植物也是长在天上。

我提桶给它们浇水。

亲人在不远处的星上闪光，走动；
不再有忧伤。

（选自 2022 年 6 月 20 日《诗探索》公号）

四辑 劲旅

大　寒

逸　西

心中的冷，是不是被小寒带走了
当大寒，随风吹来时
我也没有觉得：这人间，有多冷

想起那些还在树上，摇头晃脑，摆龙门阵
没有被风干掉的叶子
和我一样，在岁月中，在大庭广众之下
任由雨点击打，又一次扛住了
这人间，最寒冷的一日

（选自《星星·原创》2022 年 11 月号）

乌苏里村

牛都认识自己的家
即使家贫，屋宇破败
牛们，目光总是噙满深情

燃气灶前炒菜的女人
她的腰像被生活拉松的弓弦
当不离不弃被辣椒一点一点炝出眼泪
哗哗的水流
从杨树和蒿草后传来

渔网闪烁立秋的银光
走进院落的男人
烟头上的黄昏明灭
牛在反刍
狗趴在门口
盯着老下来的炊烟
江水炖江鱼
黄瓜丝拌酱
饭碗里升起稻米香
小烧熨帖了眼睛

对岸没有亮灯
只有江风，悄悄拧亮了虫鸣

（选自《草堂》诗刊 2022 年第 7 期）

后坪这株草

崔荣德

我不知道你叫什么名字
只知道你是一株草，矮小翠绿
从刺骨的寒冷中走来，披荆斩棘
陌生人眼里，总以为你浑身长刺
其实你早已被刺得伤痕累累
仍逆风而行，坚韧而顽强

不辜负飞鸟的愿望
一生一世编织阳光
和虫子蚂蚁一起，把生活的倒影
写进江水，让激情的岁月
哗哗流淌

在岩石缝里生长，终日与蚂蚁
和我，呼吸春天的气息
乌江边传来的汽笛声
是你生命中歌唱的绿色音符

不埋怨夹缝里的生存
从不说身边小草的坏话
不依附巨石，不缠绕大树
不在枯叶面前
炫耀自己的绿意
风来了，就让它三尺

（选自《诗选刊》2022 年 11 — 12 月合刊）

南方，北方

马 灵

茉莉，茉莉
这是你满月的脸庞
在我的盆地
今天必须开镰

那些稼穑黄了又青
青了又黄
需要比它更加锋利的钢铁
一茬一茬 收割

从南到北
他们需要慢慢染色
而我，那时花开
耐心等待你的
熟

（选自 2022 年 2 月 16 日河南诗人公众号）

四辑 劲旅

金莲花

张永波

金莲花开时，飞龙鸟
把身子藏得很深
神神秘秘地孵化出的
爱情，像一批赞美的囚徒
出飞时，带着一身的
松树油子味儿

金莲花落时，白头翁站起来
朝着远嫁的秋水挥泪

金莲　金莲
有人叫着。很静的山野
狍子的目光里
积满夏天的爱意

（选自《北方文学》2022 年第 7 期）

乌托邦平原

雪　舟

我们的一小部分快乐来自五月
这个寂静的夏天。她尝了芒果
说曾记得是一股熟萝卜的味道
小蕃茄，紫葡萄，在透明的容器里

我对火星的乌托邦平原
知之甚少，又重温地理课本
那位地理老师是否还在人世
我有关于宇宙的困惑，无处请教

飞机在天空的入口，出口
不知所踪，白云是巨大的乌托邦
我们在每一个清晨醒来
在夜半醒来，没有月亮，另一座

星球，会不会不接纳我们的悲喜
没有人从未知的平原归来
我们只能在快乐的摇篮里，盲目而自信
编织着时间的堤坝

（选自《六盘山》2022 年第 1 期）

四辑·劲旅

访　客

川　上

那个人
他们要找的那个人
今天，是不是
还在夜色里

用羽毛
标榜自己
把羽毛
绣在大腿上

享受快乐的
关键，是接受
现实的虚拟

眼前的，是不是就是
应该放下的
瞬间消失的滋味

捉迷藏的人
消失在迷藏里

（选自 2022 年 4 月 17 日《川上读诗》微信公众号）

深陷这世界

朱建业

睁开双眼 秋风轻拂
梦中神奇的事物随即散去
把自己拉回现实 发现一位
曾春风得意的旧同事
竟被移送起诉，面临银铛入狱
他曾是那么淳朴、阳光和善良
唉，风吹绿江南，也吹老岁月
时间固执地改变着我们
我却始终学不会沉默 学不会
在那些规则里游刃有余
穿上这具肉体，我深陷这世界
无处逃遁。但我知道
有些青云路
其实是危如累卵的地狱门
一些悬在高处的事物
等待着坠落 等待着
粉身碎骨

所有生命都向死而生
请让我带着阴暗走向明亮
直至成为明亮的
一部分

地　铁

廖松涛

地铁不动声色，将人们带到城市的低处
在地下，成千上万人挤在一起
他们为命运，选择了不同的出口
这是城市新陈代谢，必不可少的养分
我曾乘坐地铁，像一件异物
在城市的毛细血管中穿梭，格格不入
最终被城市吸收，连同方言与骨头
化成了城市日新月异的一部分
每当深夜，地铁疲惫不堪
送走最后几个披星戴月的人
车站空荡荡，有意无意腾出了巨大的空间
足以装得下年少时的野心
总有一天，我们不知不觉放缓了脚步
再也追不上一个城市的速度
而地铁口一如既往，吞进似水年华
吐出灯火阑珊的星空

（选自 2022 年 5 月 2 日天津诗网刊公众号）

入海口清淤

陈波来

金属的嘶吼响彻入海口

额外一份秋凉，潮水为之低落下去

这是难得的清淤季，是入海口

卸去经年积重与沉疴之时

会有更宽敞的胸怀，抱住更多避风的船

会有更深蓝的海水涌入，带来

更多密如繁星的鱼群。现在我们

听任挖沙船黑黢黢的挖斗粗暴地深入

灯影中如绸缎柔滑的河水

不停绞动的钢索吱吱作响，一股猝然之力

从水下，从我们习以为常的迂缓中

一点点掏出陈腐破旧的河床

现在一阵海风扑面，我们和入海口

同时啊啊地喊出声来

（选自《福建文学》2022 年第 3 期）

四辑 劲旅

雪　山

小布头

车驶上高速，混沌的天空
似乎还没睁眼，只有远方的雪山
警醒着，在我们的一侧
静止而孤立。当我们把它当作坐标系
雪山一度不见，然后，又
出现在我们的另一侧
它呼唤靠近，却时而躲藏
像人世未知的命运，直到我们认领
纵深的雪线，罕达罕嘎查洁白的哈达
白云守候山顶
与千年积雪默契呼应
这时，一束光透过云层停在那里
像奇迹，像盲人重见光明的
一刹那

（选自《星星·诗歌原创》2022 年第 3 期）

游子吟

龚锦明

谈起穿针引线，或抽丝剥茧

我母亲远比我有耐心

我坐在书桌前百无头绪时

母亲开始拆一件旧毛衣

她有条不紊的样子让我无地自容

她把整件毛衣拆完，卷成一个个

线团时，我突然有了灵感

她开始打第一条袖子

我在小说里布下第一条线索

当我布下第二条线

母亲的另一条袖子已打完

当我在两条线索间搭建穹顶

母亲正在毛衣的胸前位置织一朵向日葵

那样金黄那样温暖的一朵葵花

那样一针一线一丝不苟的打法

而当母亲把新毛衣套在我身上打量

我感到我身上所有的线

都来自母亲

她是线头

也是线团

（选自《长江丛刊》2022 年 8 月号总第 559 期）

四辑 劲旅

院子里的梅（外一首）

卢圣虎

我一定会记住这枝红梅
从前聚散匆匆，等不及它开放
这是一棵被辜负的树
庚子年我有幸见识了它的一生
在冬雪中它美如春天
一转眼大地就绿了
它静静惨淡
仿佛是生命的另一种看穿
众生在等万事荣华
它在等缘分

轻物质

我曾经认为雪花是最轻的生命
但我错了，雪花胁裹着灰尘
灰尘也不是最轻的
它的肉体潜伏着无数细菌
我不想考究生物意义上的轻重
乐观者言，存在的就是强大的
但悲观者常佐证死亡
这最轻的一瞬会消解所有重量
太多的轻物质拥挤在大概率宇宙中
最轻的，也许是命运无常

（以上二首选自《三峡文学》2022 年第 1 期）

水 边

李向菊

水面是平静的，拥有
天空中的蓝
鸟儿不断地飞起，落下
当作是第二个高飞的天空

风是这个季节的常客
把鸣叫声一层层扩散进水的深处
苇丛还是苇丛
夕阳的手指为它镀上慈爱的金边
石头还是石头
只是上面的字迹越来越模糊
无法准确揣度当初的用意

我站在这里，用安静
和它们紧紧靠在一起

（选自《诗刊》2022 年 5 月号下半月刊）

四辑　劲旅

大海如此温顺

郭　静

我等待潮水渐渐退去
海滩上残存着白色的虚幻的泡沫
之后，微风吹送的
是波浪，一漾一漾的
仿佛已把蓝色的盐粒，归还给大海
一切平静如初……
从来没有什么约定
让大海变得如此温顺
让一叶白帆静静地在水线之上

孤悬。而正午的阳光
照在穿着西装的海盗身上
他们伏在船的甲板上
像是在用中世纪的单筒望远镜
向四处张望

（选自《浙江诗人》2022 年第 2 期）

无尽藏

黄　斌

自然收藏的珍宝我穷尽一生也无能拥有
每一天我都穿行于它实时给出的展品之间
其实我也是其中的一件
我一点也不因此而沮丧
也不因此而为人世另有祈福
自然的展览是我满足的根源
我欣赏　但无意拥有任何一物的产权
我占有的一些人类造作的小物件
是我的一些小玩具　不久就会作为垃圾扔掉
没有新意能够超越自然四时给出的新意
没有一株小草鲜嫩过我脚边正在因风起舞的小草

（选自 2022 年 8 月 13 日诗生活网站黄斌字象专栏）

四辑　劲旅

讣 告

易 飞

大楼门口偶尔贴出讣告
进来和出去的人会看上一眼
一晃而过的，面无表情
有人驻足
必是某位熟识之人
有人通读
必是某位重要之人
有人读后神色凝重
必是悲从中来
有职务的，长则百言
有职称的，多写几字
什么也没有的
只通告名字、年龄、病因
但一周之后
长的和短的
尽皆揭去
空空如也
世人惜墨如金
那些已故的人，为了
多写几行
曾经多么努力

（选自《延河》2022 年第 11 期）

误入雀儿山

谭　冰

乡愁像孤独的鸟儿

丢失了一座山林

当年苏东坡醉卧的绿杨桥

只带一支沉重的桨橹漂泊

曲线向上

对面的雀儿山上

岩上的半亩茶园

将整个村湾的人都带走了

一些古树也跑到城里去安家

雀儿山被带出的

是奔走的生灵和呼吸

故人只剩下明天

和风中虫子的啼叫

一只鸟记住了自己不凡的身世

它把隐匿的精华

浓缩成保鲜的种子

误入邻家的花园

给幸福一杯茶的时间

让枯枝败叶在春天里复活

（选自《诗潮》2022 年第 11 期）

四辑　劲旅

白玉兰

张　容

深夜，小雨，微凉
街上显现出少有的宁静
我看到了一种白
一种可怜的白
我从这少有的白中看到了
自己
这被雨水冲洗的泪
在暗暗叫着劲
拼了命地开出硕大的花朵
她的盛开，让所有的花黯然失色
白得让人惊讶
白得让人生痛的白玉兰
开在如同我们只有一次生命的路上

（选自《零度诗刊》2022 年 1 期）

五辑　中坚

火星之旅（外一首）

彭惊宇

火星，又称荧惑星。古巫师的占卜星
是现代人类频频仰望与探索的比邻星
是宇宙中一只红橘子，天街上一盏红灯笼

我梦想着能在二十一世纪中叶的某一天
作为首批宇航员，乘飞船登临火星之上

我看见：浑然无际的红，统领着火星世界
红色沙砾和丘岭，块垒峥嵘地铺向天边
我看见：橙红色的天空悬浮着一轮蓝太阳
让我惊讶于另一星球似曾相识的命运的苍蓝

蓝太阳。以它浅淡的光辉照耀着
这个静穆、寒冷、荒凉、杳无人迹的红色王国
照耀着太阳系中最高最大的奥林匹斯火山
照耀着水手谷。照耀着南极白色的干冰极冠

蓝太阳。还必将以它浅淡的光辉照耀着
最终移居火星的未来人类，和他们的新家园

（选自《青岛文学》2022年第3期）

冬日的风景

雪，改变了你眼前的世界

大地一片空旷，寂静的白
你觉得节令也会催人心境苍老
有一些热情与火焰正离你远去
曾经的青春岁月，落下帷幕
变成空旷大地上寂静的白
回忆如同怀旧的俄罗斯民歌
还渺渺飘唱在你寂寞的心间
那些夏日里葱葱郁郁的树
此时已删繁就简成一笼笼烟树
仿佛是高于这尘世的理想灰烬
给你生命以萧疏，以别样的轮回
寂静的白，攀援在沿街冬树的脊背上
随形会意地构成黑白木刻版画
你姗姗走过新商业区，蓦然看见
一挂挂红灯笼，恍若梦中的柿子树

（选自《民族文汇》2022 年第 4 期）

玻璃桥（外一首）

董进奎

那么多人在等待过桥
用一块纯净的玻璃拆穿自己
借助电子画面、音效，玻璃伴装碎裂
目睹深渊的真相，许多人声嘶力竭地溃败

父亲泰然，生活中习惯碎裂声贯穿心瓣胃膜
消化掉无数不可预期的玻璃片
知道一座架空的桥需要大跨度
需要气贯长虹，他的脊背越现拱状

筑一架玻璃桥，制造一场透明事件
通过虚空分拣出肝胆，看清自己也看清别人

古 琴

用几根绳捆绑住不能离散的木头
把生机留在包浆的年轮里
让弦外之音漂泊

春日里，常有夜露走在绳上寻找黎明
有几片紧张的绿叶飘落
那是料峭的泛音

不能算计磨破了几本线装的琴谱

偶尔，一只飞鸟栖于琴上
不知孵化出了什么

父母像两块歇息在杨树林的老木
各自心上绷着几根卸不掉的弦
期待儿孙们的撩拨

（以上二首选自《星星·诗歌原创》2022 年第 8 期）

五辑　中坚

浮石山的黄昏（外一首）

温　古

苍茫是一张兽皮，披在群山和牛背上
看着黄昏将孤独带走，并从
草尖上端走那轮辉煌的落日

即使所有的山峰都跪在尘埃里
也不再能挽留一天的悲壮落幕
即使北风再猖狂，也无法挪动
那堵在大地心口的石崖

足够的奢侈令你目眩，黄昏的仪仗
点亮了万盏星灯，但无以解轻
堆在小草肩头的一小勺黑暗

当愧疚的浮石山蹲下，偎着山寨一盏
酥油灯的时候，不堪黑暗的浑河出走了
那绝情的气度，冷彻两岸的胡杨林和灌木

摩天岭峡谷

擦过粗壮松木的风，一定碰过
野兽们的鼻孔，但她抚摸花朵时的
手指是轻柔的

野兽们醒来，看见满山的大石头

披着月光，偎坐在一起
像听上帝讲课

只抖了抖身上的草叶
就一千年过去了

（以上二首选自《延河》2022 年第 1 期）

五辑 中坚

霜　降

马启代

从今天起
柔弱如水，也开始生长骨头
天在变冷
有些生命被迫硬朗起来
真是一场修炼啊
哪一个生命没有蒸腾的内心
可是，飞扬的日子多么浅薄
从活成一滴水
到凝结为一滴露
从天上到地下
如今，终要熬炼成冰雪了
记忆会丢失吗
那些颤颤巍巍的生存
透明的恐惧
还有欲罢不能的希冀
我也开始白头了
秋风开始体温下降
此后的每一天
我都将看见勇士的影子
它们与黑暗一起死在旷野

（选自《水文化·大江文艺》2022年第5期）

只有痛不会痛（外一首）

代 薇

只有痛不会痛

当旧伤复发

烟雾缭绕

时间已改变了方向

我知道，今夜

世界是手术刀

而你是我从未取出的弹片

轻与重

到了一定的时候

敢于停止就显得尤为重要

刻意的不求聪明

保持最低限度的无知

所有懂得轻与重

得与舍的艺术家

都是天选之人

他们知道怎样与空气相往来

或者说，他们知道

一座山怎样像气球一样

飘起来

（以上二首选自《诗刊》2022 年 9 月号上半月刊）

这片土地的诸多噪音（外一首）

安海茵

大叶女贞藏好它的果子
早早预备下鸟儿过冬的甜点
芝麻秆在田野的低音区
每一节都醒着

访客的车子隐入尘烟
又冲了出来
我们要怀抱整个村庄的雨
来浇灌这片土地的
诸多噪音

那些玉米被抽尽了水分
骑士一般
恪守天然碱的单宁滋味

我想尝尝它们的喊声
我想把不多的甜和熹微都还给
骑士般的玉米

月季花努力开得更大
要当所有人的花房子

揉好的面里那些秘密的火

我落笔的第一行
麦芒就轻易把灯盏唤醒

唐河有阔大的谷物翅膀
悬铃木庇护着众多好儿女

窗外流过的软软的水呀
它与焰火霓虹两不相欺

热浪慢慢收起铁匠铺里的敲打
夏天就要束紧她纯棉的口袋

这时我来了
来看毛茸茸的原野
看揉好的面里那些秘密的火

（以上二首选自《特区文学·诗》2022 年第 12 期）

五
辑
　
中
坚

"看似无奈的事，把你带入奢侈状态"

孙　萌

古老的夜晚两只酒杯碰在一起
凝视的眼光像发酵的葡萄
绷紧的葡萄藤松开，一个深深的拥抱
在长长的酒瓶里装了千年

随后的很多夜晚，我经常做梦
我梦见当我是个孩子时
你就住在我的隔壁
葡萄叶爬满了篱笆，淹没了小屋

重回少女时代的我，捧起《诗经》的第一首诗
新生的田园里，少年动若脱兔静若处子
我天天看见我们
沉迷于从朝到暮的金色

琴瑟里盛满梦与幻的和鸣
无路的林中有着无尽的欢乐
林中仅有一块路标，上面写着：
看似无奈的事，把你带入奢侈状态

（选自微信公众号《在水面上行走》2022 年 12 月 2 日）

在阿勒泰

杨森君

在阿勒泰戈壁滩
我遇到过
一位脸色黝黑的牧民
他的眼眶，有些深陷

我没有在此生活过
体验不到什么叫天荒地老

我与他有过短暂的交谈
微笑的时候，他会低下头
当得知我来此的目的时
我注意到
他的面部有一些微小的变化

我猜想
对于外地人来这里捡石头
他应该是排斥的
不过，他还是给我指了一个
我一眼看不到的地方

按照牧民手指指的方向
走到头
不是石头滩
而是一个废弃已久的石油基地

（选自《人民文学》2022 年第 10 期）

五辑　中坚

怒　放

叶　舟

不需要讲的，一定
留在了纸后，
不置一字，让春天
去宽恕。不需要澄清的，
最好让天空的纽扣，
不，那些美好的大雁，
裹挟而去，
没有心悸或燃烧。
不需要离别的，比如
水和墨，
爱与哀愁，宁愿
让一盏灯去秘密照亮。
不需要写下的，
就此止笔，因为太多的
喧嚣中，必须看紧
内心的羽毛。不需要
祈祷的，从此
不必恳切，
因为这一生的飞行中，
我从来鲜花吹袭，
迎风怒放。

（选自《诗龙门》2022 年春夏卷）

暗物质（外一首）

三色堇

那些未被说出的事物
像一个深邃而隐秘的公式
让你无法破解
就像悄无声息慢慢腐朽的木材
而你却感知不到
像一个人在黑暗中的自言自语
它有时是粒子，有时是一件古陶器
有时是冷兵器时代的一把锈刀
所有难以辨认的事情，都令人着迷
你看。它越来越近
像落日一样砸下来，砸下来

野槐花

这些透明的白花花的芬芳飘在山路上
像某种仪式
我摘下其中的一朵，放进嘴里
听说有清肝泻火，明目的功效
它让我从这些甜里抽出儿时的记忆
树下的光阴慢慢移动
一只灰背鸟围绕着花香制造着
最诱人的场景
给我带来比寂静还寂静的一天
我不经意地四处环顾

那么多的丹青，栗树，它们的枝叶闪亮又模糊
只有野槐花站在山坡上
望着远处的小镇，飘出的气息
与老祖母的烟火混在一起
它用嘴唇呼喊着，天空的浮云
我吞咽着它追赶春天的消息
在日头坠落之前
我从这万吨的花香里侧身而过

（以上二首选自《诗歌月刊》2022 年第 8 期）

巨峰观日

杨　梓

历经千山万水，终于登上巨峰之顶
却不敢左手指天，右手指地
没有什么比坚守本我更为艰难
也没有什么比海上日出更加辉煌

站岗一夜的星星踏上回家之路
灯火频频回首。天海相吻之处
难舍难分的鱼白之唇，透出一丝鹅黄
一片橙黄之后跳出一点羞怯的红

旭日跃出海面，滴着淬火的水
唯我独尊的光芒使崂山身披袈裟
使所有的鸟儿睁开第三只眼睛
使我不断变矮，变成海滩的一粒粗砂

（选自《青岛文学》2022 年第 3 期）

五辑　中坚

瓶子的嘴巴

孤　城

这个哑巴，一辈子吞吞吐吐
只最终一个清亮的"碎"字，说给自己

盛花蜜——蜂儿甜稠的嘤嗡
盛药片
盛乱世魔，风尘空
长生树下
经年的旧雪，掩埋的期许……
独独盛不下自己

拧过来，拧过去——这个哑巴
用螺旋形的口吻
吐露生活的强加与掳掠

（选自《绿风》2022年第2期）

春风吹（外一首）

祝相宽

春风，吹吧
用你准备了一冬的热情和力量
把天空的阴霾和人间的病毒吹走
让大雁从澄净的天空归来
让花朵从伸展的枝头归来

还有被寒风逼进泥土深处的小草
你要给它破土而出的勇气
给它拥抱大地和阳光的胸怀
给它足够的自信和迅跑的脚步
告诉他们：皇天后土，都是你的

春风吹，吹家乡的田野与河流
吹母亲的笑脸和门口的风铃
春风啊，也吹我吧
吹我的斗室我的书桌
在我的稿纸上吹出一河浩荡的春水

（选自《诗选刊》2022年第8期）

学书

需要多少时间
练习一撇一捺

才能把一个简单的人
写得有模有样

一横，怎样写出大河的气韵
一竖，如何挺起大山的骨架
多少人世间的大道理
深藏于一笔一画

起笔到收笔
多像一次旅行
楷书与草书
各有处世之法

即使一个点，也有
竖点圆点长点出锋点之分
笔有关成败，有时
容不得你细细谋划

面对一张铺开的宣纸
如面对一个纯洁的世界
我常常手执墨笔
却迟迟不敢落下

（选自《渤海风》2022 年第 3 期）

秋风远去（外一首）

宗德宏

落叶无声，人间有痛，沉默的深呼吸
在夜里，非常清晰
此刻，同病相怜的人
需要温情
需要记忆里的山光水色
需要有最新的好消息，以除心头之疾
艰难地活着
比风光地死去，更有意义

我终于明白了
过去，被我们称作沃野的
实际上，就是现在的——
光秃秃的土地

生长万物的春天，也生长恐慌

花，盛开的地方，虫鸣依旧
只有河水的流淌
在岸边忧伤的风里，拂拭苦闷
苍天在上，涟漪荡漾
就这样，变小了的世界，太过匆忙
剩下的疼，在思想深处
我看见孤独落日
隐约的余晖

五辑　中坚

向往五月，总想让岁月芬芳
但是，眼前有一堵墙
挡住了目光

生长万物的春天
也生长恐慌

（以上二首选自网络，2022 年 11 月 19 日"百度"页面）

谷子地

谷穗举起一粒露珠，在拂晓的风前点亮
小小灯笼，为浩茫而至的黎明导航
大地岛屿般浮出
广大的谷子涌向眼前
谷子终生站在原地，爬时间的坡
禁锢它的是生长的大地，甚至阳光、雨露、风
谷子在风中涌动，发出大地和天堂的声音

我们承认谷子是祖先
让自己千秋万代在世上生存
我们承认谷子是爹娘
让自己驻留村庄，度过余生
哪一张嘴巴，没有发表过怠慢谷子的言论
哪一双腿脚，没有开启过背叛谷子的出行
我们高枕无忧，谁曾想过
星光下，谷子的漫漫长夜
我们饱食终日，谁曾想过
广袤旱情，谷子忍受的千里干渴
我们千年叩拜，谁曾想过
谷子一尊一尊谦卑的身影
心存悲悯
谷子地啊，需要动用多少露水
才能照亮北方的一个早晨

（选自《草原》2022年第12期）

五辑　中坚

像一道闪电

王爱红

如果说长江、黄河，像一道闪电
那么，汨罗江、扬子江、沱沱河、汶河、凌河
包括无声地流淌着的清河
也是闪电
我看见闪电的照片
莫不是你的血管，你的叶脉，你心中的河
听啊，那怦怦跳动的心
滚动着遏制不住的响雷
端午，像一道闪电的是屈原
平常的日子，像一道闪电的人是你
一次又一次，不断地
把锋利的剑刺向天空
我和你，在一条长街上
行走着，由东向西
他也许躲在荫下
太阳照不到的地方
你看
构成一个灿烂的白昼
正是一道又一道
重合在一起的
闪电

（选自 2022 年 7 月 31 日《长江日报·长江文学》）

家，一直都在（外一首）

沙 克

霜打中的狼牙草一节节枯萎
光光的地面铺上落叶
冲向云霄的雀鹰
掉下一根细毛……粘着松针
老透的人躺平了
眼，飘起来
看到家人围着他哭泣
泪水砸在地上
看到云端有白衣童子在召唤
难过了七七四十九天后
家人们欢声笑语地过活
暖雷响过，根茎活跃
狼牙草又爬遍了
升天的意思：
往上看得到先人
往下看到自己的生命力在延续
家，一直都在

结在冰中的鱼

骤然降温，水，越来越黏
使劲摆动尾巴使劲游
摆动，痉挛……
被裹在一块冰中

过了一夜被裹在一河的冰中

看似琥珀

却不能拿在手中把玩

等到融冰时，水流冲荡

飘上来，白肚皮朝天，反着光

一会儿它被冲得没了影

它的遭遇被一只鹬审视：

远不如温水煮青蛙的安乐死

它死于苦苦挣扎

冰中的鱼年年可见

一直被喜爱用温水煮青蛙的鹬

避讳，向来只字不提

（以上二首选自《星星》诗刊 2022 年第 5 期）

青藏线（二首）

单永珍

路 上

山阴积雪，山阳树木参差
青藏线蚯蚓般追赶远方
普天之下，我和你
不过是大千世界一芥子
此行无须意义。听从召唤
看呐，一群披着黑毡毪的赳赳牦牛从山阴滚滚而来
山阳处，几只拜访老友的旱獭
抱拳而立，目送我奔向拉萨
那个骑马而过的汉子
可是我十年前结拜的兄弟

——在路上，我不禁被大美青藏深深诱惑
——在路上，我向自然取暖，朗诵天鹅的诗篇

可可西里

众草的兄妹、众生的兄妹、众鸟的兄妹
如果此地空旷，世界多么荒凉
天空洒扫，乌鸦拾柴，羚羊生养子孙
而一漫游者，背影恍惚
他走过的砂石路，寸草不生

沿一道闪电指引方向

一定是爱情敲门，鹰隼立于寒流张望
直立的旱獭拼命呼叫另一只回家
三头公羚羊的犄角折了，败北略显悲壮
而失恋的流浪汉刚刚吃完泡面
在落日下辨别回家的路程

沿命运的胆汁开出病历

（以上二首选自《西部》2022 年第 3 期）

父　亲（外一首）

王芬霞

父亲越来越老了
话也跟着越来越少了
父亲修剪树木，嫁接果苗
偶尔和那些树木说几句悄悄话

那些树
好像听懂了父亲的话
春天里繁花似锦，夏天里抽枝拔节
秋天，结一种甜蜜的果子
一个夏日的午后
一个噩耗传来，父亲老了
我的头顶犹如滚过的一声惊雷
天空雨下个不停
叫一声，父亲、父亲、
我再也听不到父亲的声音了
从此以后，父亲活在我的心中。

牧　雪

一双毡鞋穿过山坳
一个佝偻的身影，在风雪里前行
风像鞭子一样抽打着那人的后背

雪如羊

时而快，时而慢

一会儿聚集，一会儿散开

风声霍霍

这个在风雪里赶路的人

走在雪的前面

多么像一只头羊

（以上二首选自《诗刊》2022 年 10 月号上半月刊）

森　林（外一首）

赵国培

数不清的个体，
集合一起。
有的立正身躯，与蓝天亲昵；
有的柔顺谦虚，和草地嬉戏；
有的藐视上天旨意，
力挺本色，绿遍四季；
有的生来循规蹈矩，
寒冬沉默，积蓄生机。
但真真同一家族，
亲亲姐妹兄弟，
和谐得浑然一体：
团结成
碧海巨涛一望无际，
排列雄壮方阵，发起战略反击！
让尘暴 雾霾 荒漠 污浊……
这些魑魅魍魉，
再敢与
优美 洁净 清新 蔚蓝……
作对为敌？
群体最有发言权，也最具战斗力！

（选自 2022 年 4 月 17 日《人民武警报》）

谢过温暖的秋阳

风渐凉
草与花的夏之梦
在初秋的园子
弥漫着最后的余香

向前一步
秋阳挂在树上
看喜鹊奔忙
回转一程
云影草间游荡
寻来觅去
回味蝴蝶唇边的芬芳
曾经的柔情蜜意
还伴着热血的胸膛

青春的梦啊行在天涯
泪水盈眼，永怀烟缕家乡
金色的秋天
我只一瞥
故友啊都去了何方
他们是否也像我
心怀感恩，谢过温暖的秋阳

（选自 2022 年 10 月 16 日《人民武警报》）

浮 世

阿 成

把身体交给人迹罕至的峡谷
是合适的。为什么慢不下来？
在盛夏的森林和幽谷中。

它们认识我们。那些高的矮的树木
木本、草本，新生和老去的植物
我们叫不出它们的名字
只接受让人汗颜的抚摸、触碰
抑或钉刺……

喧嚣而漫长，流水在岩石磨损的
凹槽里称量时间的刻度
崖壁上，苔藓划出
深浅不一的记号——

河谷里，乱石坐卧，我们像
不曾来过……

（选自《诗龙门》2022年春夏卷）

母亲的菜园

徐必常

母亲的菜园里
经常长出我的兄弟姐妹
他们有永恒的名字：
青菜，萝卜，黄瓜或茄子
隔三岔五的清晨
母亲会带着他们到我们家来
兄弟姐妹们也很乐意
个个和母亲一样
脸上总是笑出花来
最初我们并不开心
母亲一大把年纪
成天还奔忙在
伺候菜园里的儿女们和
住在城里的儿女们的路上
她的老寒腿怎能承载无休止的奔忙
然而母亲却固执地认为
伺候儿女们，是她这辈子的福分
是啊，在我们幼小的那些年
生活常常压得她喘不过气
我们是她背上最重的大山
然而她总能在菜园中
为生活刨出一条出路
也是这些名叫青菜、萝卜、黄瓜或茄子的兄弟姐妹
让一家人的生活开出笑脸

多少年了，多少岁月已经作古

母亲已从盛年走到了暮年

夕阳老是在我的眼里充满愁容

母亲总是珍惜这无限的风光

每当我看到母亲再一次走进夕阳的余晖中

就盼着她明天清早带着她菜园里的儿女们

走进我家的门

我会和往常一样

亲手迎过兄弟姐妹

亲手端上一杯热茶

但我不能被感动，更不能热泪盈眶

我得一如既往做她贪得无厌的儿子

我知道，我对她的爱有多贪

母亲心里就会有多大的满足

（选自《文学港》2022 年第 3 期）

浇水记

沉　河

每次播种或栽上一株新苗后，浇水
便是这小小事情的完成仪式
水来自上天，被我接在一缸里
澄得很清。平时并不用它们灌溉
只在这样的下午，阳光温煦
新播下的种子需要它们的天然性
新栽下的花草需要它们定根
我郑重地打开缸盖，用一只旧碗
舀起，把它们轻轻地滴在
刚刚翻起的泥土里。这些水
被叫着定根水。它们
顺着根茎流淌，填满
泥土中的空隙，并饱含着
生长的气息，让根紧紧地
依附在地里，找到根据
这些水，只是初次被浇灌的水
代表了以后须臾不可缺失的水
被我呼唤出来，在初春或初秋

（选自《诗刊》2022 年 6 月号上半月刊）

草地上的牦牛（外一首）

高若虹

有的低头吃草

怎么看都像诵经的僧人

有的抬头瞭望

担心蓝天上那只鹰

飞走了天空是不是更空

有的不吃草也不瞭望

就像草地上刚长出来的石头

身上还披着胎毛的草茎

这是我去三江源的路上看见的牦牛

它们气定神闲 与世无争的样子

令我几次想说点什么 又什么也没说

在神的面前人能有什么可说的

也有风吹过来 像牧人驱赶着它们

鹰动 草动 牦牛不动

牦牛知道 草动是草让它们把头放得更低更深

而去河边喝水的 不争不抢

庄重得像接受佛的洗礼 摸顶

我想 它们也有流淌的心思

但一定和河水一样清澈 单纯 波澜不惊

我注视了许久这群吃草的牦牛

奇怪的是 始终未听见它们吃草的声音

也许 草的幸福就是让牦牛悄无声息地把头低下来

也许 牦牛的幸福就是悄无声息地吃草 不说出来

还也许 青藏高原的 空旷 寂静 安宁

就是牦牛悄无声息咀嚼出来的

写到这里 我突然恨起自己的多嘴 饶舌

在黄河源头

我惊诧 你是黄河源头吗

是不是一个路过的人抹下的一滴泪

从晋陕峡谷起就捂在喉头的一句话

被你的瘦小又堵回心口

我不忍心抿哪怕是一小口水

怕你断流又怕我失声再不会怒吼

能像拍打家门口的黄河水样拍打你吗

担心 拍着拍着你就睡着

真想大声喊你一声 忍了忍 没敢

怕一出声 你就会闪身躲在巴颜喀拉山妈妈身后

在黄河源头我能做的

就是 曲膝下蹲 凝视确认我幼小的先祖

看你一次我几乎耗尽了一生

仔细的话 你能从我浑浊的眼睛里看见一颗用旧的心

想喊你一声母亲 最终还是没喊出口

捡了一块像我的老石头放在你身后

你还小 我不敢老去

要天天看着你不回头地走

就像我小时候看着妈妈

上梁下坡在黄土高原上种瓜点豆

鞠躬一别 我要顺流而下回到晋陕峡谷

我担心少了我这一滴

露出满河床逆流而上的石头

（以上二首选自 2022 年 9 月 23 日《中国艺术报》）

致青年

蓝　珊

你们当向马要奔跑的速度
向牛要坚韧和执着
向鸟要飞翔的羽毛
向花要一瞬间的笑容

你们当怜悯那慢慢行走的老者
虽然他们的骨头终将
被风吹散
如同即将枯萎的荷花
在最后的夕阳里
闪烁着渐渐消失的光

（选自 2022 年 8 月 31 日中国诗歌网每日精选）

五辑　中坚

悬（外一首）

田　斌

树枝上突然掉下来的一只蜘蛛
被一根细丝悬在半空
风荡起了它的小秋千
它也因惊吓而缩成一团
抱紧了手脚
它像悬着的一个小黑点，左摇右摆
在惊慌失措中荡
在阳光中闪
但就是那根细而亮
似有似无的细丝
是它生命的悬梯
等它从惊恐中缓过神来
它抓着悬丝，就像抓住了救命的稻草
它有收缩细丝的能力，也像神暗中拉了它一把
迅捷地，它回到了它的安命之所

偶遇这一幕
难免让人想起擦玻璃的蜘蛛侠
人生不也如此——
大凡悬着的事，都让人揪心

（选自《诗歌月刊》2022 年第 11 期）

擦亮了天空无尽的蓝

一只野鸽子，在天空
突然停止扇动
张开了的翅膀
它滑翔，飘飞，降落
就像空中飘飞的一张纸，一片叶
在它临近停落的二月枝头
它收敛了翅膀
用钢钳般的爪子
抓紧容留它的树枝
树枝只轻微地，颤了颤
它停在那，一动不动
像风吹也吹不掉的一片叶子
俄顷，它打开了阳光里的梳妆
用喙梳理羽毛，半抬着翅膀
还不停地伸长脖子，抖动羽毛
把一身的轻松与舒坦
付于春光
起飞时，像闪电
它用扇动的翅膀
擦亮了天空无边的蓝

（选自《海燕》2022 年第 6 期）

傲视苍穹（外一首）

牧　野

江湖是一个世界，沟渠也是
凡是被，称为世界的
都有，天空，流水，高峰
还会有，一个王
在我的世界中，我就是我的王
尽管，江山只在梦里
伊人还在天涯
只要苍天开眼，我就会和他对视
让那些世界的，不为我所知的
感觉到，我的存在
我要，并且也能够，攀上
每一处高峰，与天并肩

旧　物

喜欢收藏的人
大多，是比较念旧的
翻一翻，泛黄的连环画
就会看到，一个少年的故事
摸一摸，字迹模糊的明信片
就会想起，一段久未联系的友情
友情，也许会随着字迹的褪色
变得，越来越淡
少年的故事，经历了岁月的磨砺

却变得，越来越沉
很多事，想着想着就忘了
很多事，会跟着旧物品
哪怕，已是面目全非
也会一直，伴随着你我一生

（以上二首选自《上海诗人》2022 年第 5 期）

五辑·中坚

寂哀：狗尾巴草

绿袖子

秋天我学它呼吸的姿势
趴在地上看它美的样子
一会儿它摇得厉害了点
一会儿又无忧无虑地舔着空气

把世上所有枯的想象拿捏得
死死的。急性的我只能
把它抓入镜头，再塞进嘴里一两棵
她说：往死里想它，模仿它
美丽的，我又有些情不自禁了

那年去红原的路上也是这样描述过它
山野的鹧鸪红得耀眼
几乎是从我的眼睛飞出去
世界也就在枯萎的旁边慢慢卧下

而我恰恰忘了带上镜头
心里只装着另一番山水，香火

此时，它也算是死过一回的枯神
活过来的时候，秋已染上了新的寂哀
那美，且多几分不行，少几分也不行

（选自 2022 年 11 月 11 日《抵达 dida》公众平台）

爱的田野（二首）

白庆国

田野上的爱情

我们两个站在田野里
目标太大
像两棵歪脖树
被人们称谓孽种

我极力催促你坐在田埂上
保持到模糊的视线
你的固执显然像一颗渣渣菜
叶脉清晰，与你的想法一致
而我言行慌乱，词不达意
恰好有一阵风掩盖了事实
这就是我们第二十二次田野上的爱情
孩子们长到春风拂柳的年龄
它将成为经典

偌大的田野，我们的爱情无立锥之地

我们总是最后离开田野
夕阳下山的时候
人们陆续回家

五辑 中坚

我们的爱情开始了
我们背对着村庄
背对着那么多似利剑的目光
坐在田埂上
我们的爱情是危险的
冒险而不盲目

此时夕光正照耀我们的双脚
我们一再矜持
双脚友好地并排在那里
而目光已伸向远方
那是理想的地方
我们暂时还没有办法找到

两只鸟从眼前迅疾滑过
隐没在远处的草丛
两只翅膀是我们最羡慕的肉体
薄暮的时光被天空遮蔽
我们沿小路返回村庄
像两个失败的接头人
悄无声息

（以上二首选自《诗龙门》2022 年春夏卷）

父亲，人间依然贫寒（外一首）

吕　游

青草一摇晃，父亲就复活
我要的春天如此简单
父亲不是墓前的青草
也不是春天
父亲，是埋进泥土的人
所有种子都能发芽，他不能
佯装他能听到，我才来此地
就像佯装天上有神，才对天高呼
我说，一切都好
一切如你所愿，充满幸福
我说，埋进泥土的灰瓷碗
盛满粮食，我端着的那个也是
我没有讲出的那些黑暗
交给了月亮和黎明
真实的黑暗穿在我身上
真实的泥土穿在父亲身上
父亲埋进棺椁，放下了一切
就像舍利供奉于佛塔
纸钱燃烧后，留下灰烬
问候说完后，留下背影
父亲，人间依然贫寒
你要我怎么跟你说

我听到了大自然的声音

人过甲子，身后的时间
都成了厚厚的落叶
我知道，我离大地又近了
但是，像秋风穿过树林
在更深处，脚步开始慢下来
我看到更多曾经看不到的
树皮的褶皱，叶子上的虫洞
低头时，那只小小的蚂蚁
我以为是我走得太急促
惊动了世界，其实
万物都在喘息，是它们的呼吸
将我吹到秋天深处，像
吹起那朵蒲公英

（以上二首选自《诗选刊》2022 年第 8 期）

风

林目清

季节都赶在风里
风驮着季节走
累了，靠在树下
睡在树叶子上，躺在草丛里
抑或在微微的水波里荡秋千

季节只是一个怀孕的产妇
一年有四胎
每一胎生产时不是暴风骤雨，电闪雷鸣
就是大雪纷飞，寒风刺骨

产后，静下来
大地不是草木葱绿，鸟语花香
就是青山绿水，硕果累累
或，已是满目疮痍，落叶飘零

风与季节是一对恩爱夫妻
他们恩恩爱爱，从不分离
一旦风死了，季节枯萎，土地干裂
季节的枯骨，在沙漠的深处仍啃着风的影子

我不是风，我在风里被驮着，也有四季
我为风爱了一生，为风坚守
留下一片天地，最后被另一阵风吹走
化为乌有

（选自《湘江文艺》2022 年第 1 期）

五辑　中坚

瞭 望

马　克

夜的网，徐徐撒下

任星星点点的灯火

在远方高擎着，信念

用微弱的身躯

把夜幕撕开一角

让夜行的人

迈动希望的脚步

叩问远方的

怀念与等待

谁说黑夜迷茫了我们的眼睛

湿润的眸子

晶莹的泪花

还有，朦胧的面颊上

那一份份激动

只要街头有星星点点的灯火

心里永远不会寂寞

踮起脚，向前方瞭望

绿叶、红花，依然

在街头装点

绵绵不绝的风景

（选自 2022 年 11 月 23 日《珠海特区报》）

一个人（外一首）

王海云

现在，我可以一个人，面对夜色
铺开渴盼已久的黎明
做一颗孤独而闪亮的星辰
某些时刻，在人群里走着
突然就丢失了自己，一直无法找到一个
可以还原，或者说服我的人
很多时候，一个人走在山中，却不想走上山顶
很多时候，耗尽力气到达的地方，只剩我一个人
一个人要爱多久
才能把人间爱成，一条不结冰的河流？
没有人爱我的时候，我就悄悄地把自己重新爱一遍

人间游戏

猫头鹰在夜里捕猎，老鼠在夜里与猫周旋
蚯蚓在土里刨食，蚂蚁们将腐臭的尸体拖回洞穴
牛犊跟着老牛学会了耕田，拉车
羊羔在皮鞭下顺从地爬上了山坡
老虎咬死了狼，狼咬死了狗
狗咬伤身边的同伴，夺下了一块骨头
狐狸一次又一次，从乌鸦嘴里骗走了肉

（以上二首选自《行吟诗人》2022卷，总第17期）

五辑 中坚

阳光来看你了

王　妃

阳光来看你了
抬起低垂的头来接受这抚摸吧
脸热了身子热了心呢
暖是口粮是罂粟是一口如兰
之气在时空里折叠
是突围者看见了拱起的群山
炸裂后窄窄的出路
阳光来看你了她摸摸你的白发
摸摸你瘦削的耳朵鼻子和憔悴的眼
她在你禁闭的口唇停留三秒
她想撬开却又放弃的是自己的黑洞
阳光来看你了然后就是离开
再给你一秒的停顿好吧你眯一会儿眼
阳光难过了你不要道别
她已把视线投向颤抖的湖面

（选自《延河》2022 年第 9 期下半月刊）

春 雨

刘克祥

这一年才刚刚开始
春天的雨便滴滴答答
这是母亲说话的声音
多少年了，即使是千里之外
我从不相信这是一种错觉

一场雨是一条小溪
我看见田野上万物生长
小草拱出新芽
美丽的迎春花是母亲的童年
我们才有了歌唱
有了村庄的梦

母亲老了，有人说
河流就是母亲眼里的眼泪
那么，我是不是
母亲眼里最小的沙子

（选自《牡丹》2022 年第 12 期诗歌专号）

五辑 中坚

即便只是一朵山桃花（外一首）

李爱莲

一夜春风，光线有了不同密度
一些新的序列的日子，变得更加幽暗而丰饶
尽美，即便只是一朵山桃花
从现在起，不知还要开多少回
即便在梦里，一开三十里，一朵，两朵，三朵……
最美，最虚无，也最仓促
即便是春寒，没有一片叶子

生活和它们的理智明亮如火

夜晚，寂静的水凝然不动
可以听到河流的呼吸
泡沫，水藻和青草互相缠绕
不曾融合，只是互相纠缠
它们专心一致，给自己编织罗网
倘若在它身上结为一体，环环相扣
那么，另外的道路也十分沉重
春天，寂静的大地苏醒
生活和它们的理智明亮如火
它们期盼着奔流的水，又惧怕那个结
灰色的蛛网伸张开
自天空向下铺展，慢慢滑动
它们好似人间早已设定的日子

（以上二首选自《作家》2022年第11期）

故　乡

赵春秀

石头在时间中感知命运的轻重
偶尔挪向高处，偶尔
被不知姓氏的人搬下山

曾经，这里有大片的庄稼
蝴蝶飞过苜蓿地，田埂细长

燕子春回
谁看见了我的父亲？

如今故乡太空旷了，老屋门前除了
又沉又重的碌碡，被杂草包围
剩下的就是我，和兜里认识我父亲的一把钥匙

（选自《草原》2022 年第 7 期）

五辑　中坚

光秃的树干（外一首）

段光安

锯去枝叶的光秃树干
像哑巴截去了四肢
矗在路边
一声不吭
不能挽留风
雨的触摸已不是快乐的事情
树液含泪不肯滴下
新的枝叶在根系深处
萌生

拉拉蔓

拉拉蔓匍匐蔓延
繁衍绿色
多角叶举一串串微小花穗
茎上的刺警觉着
一年四季劳作的父亲
弯曲的身影
在夕照中
模糊成拉拉蔓
此刻
有一种精神难以触摸

（以上二首选自《天津文学》2022年第6期）

墙壁上的夕光

段新强

不知照穿了多少时间的墙壁
方才照见这面敦厚的生活

世事总是意有所指——几百年的黄昏
总是悬挂在同一个位置

细节一遍遍重复，熟稔中透出笨拙
——如祖训中的忠诚，被周而复始地温习着

这一切与昨天没什么不同
但依然在我内心的青砖上刻下：此在

人间从不赊欠的恨啊爱啊，让我一再嗫嚅着
用生疏的乡音喊出灵魂深处的名字

（选自《大河诗歌》2022 年夏卷）

想起冬天觅食的麻雀

包容冰

寒冷的冬天真的不好过
尤其那些饥肠辘辘的麻雀
在四面漏风的巢穴里，度日如年
想起母亲在早晨扫净的院落里
给鸡撒几把带糠的秕麦
一群急不可耐的麻雀就哗啦啦飞来
混在鸡群里抢食。那种惊慌失措的样子
多么可怜，令人同情

墙角的麦草堆里
常有鸡雀觅食的影子，我看书累了
透过窗玻璃看看草窠里一大群麻雀
飞上飞下，寻觅遗漏的秕麦
一粒秕麦，在它们的眼里
就是一粒宝贵的黄金

下雪的日子
大地白茫茫一片，一群失望的麻雀
栖息在院落的梨树上，似在休眠打盹
一动不动，仿佛没有落尽的树叶
给沉寂的梨树增添了活力……

飞不高也飞不远的麻雀
多像我土生土长的父老乡亲

一辈子在故乡的落寞里
悄悄而来，默默而去——
一抔黄土长满萋萋荒草
在无定的风雪中飘摇
那是留给儿孙凭吊的唯一标识

（选自《岷州文学》2022 年第 1 期）

五辑 · 中坚

藏地牦牛

刘国莉

牦牛肉壮壮的
它呼吸过的声音离我这么近
像是某种暗示
羊粪砌得院落满满
一堆堆外皮光亮

牦牛有着身份证的高贵
它啃草，用绵绵的时间一寸寸啃着刀锋
自己的宿命

唐古拉山喝风的雪
在石头上静思
让我仰视。
一杯青稞酒的甘甜
兑换酥油灯影里
扑鼻的羊粪，香喷喷的肉
滑嫩 酥软
入口时，如同接近
生命的暮年和身后薄薄的影子
成为有身份的人

（选自《西藏文学》2022 年第 1 期）

雪山马

呼岩鸾

秋深草黄。容我几日仰卧昂头偷窥
草残机锋。青色蚂蚱似马，将向北方万里
鞑靼消亡，只剩一匹白马，站在黑河饮水
祁连山昨夜被雪打了，遍体雪白
草棵迷离。白马似一条祁连山。祁连山
似一条白马。早有约定，二马并立
三千里和三丈三仿佛，都是马头低垂，马尾
更低垂，马背柔软如新娘的白缎
白马嘶鸣催我驰骋回生产队的畜栏
祁连山顿足，大汗淋漓
河西走廊我们社员的农田等待冬灌
这时风气，无草可吹，黑河无浪，蚂蚁饮冰

（选自《岷州文学》2022 年第 3 期）

五辑 中坚

旧 物

朝 颜

哭声渐渐暗了下来
他试图搬动的旧物里，似乎
还含着母亲最后一口呼吸

她曾经坐在棕红的旧沙发上
为他织一件浅色的毛衣
一台老笨的旧电视
在她寡居多年的岁月里，留下低音部的交响

他的手卡在一只旧药瓶里
这褐色的容器，曾经包裹了
一个关于止痛的谎言
他赶不走她的疼
只能看着她一日日变薄，一天天变旧
他挥了挥手
让一个收废品的人失望离去
现在，他陷在一堆旧物中
像陷入怎么也吐不掉的旧时光

夜色来得太快
空下来的屋子轻易就被凉风灌满
他只有裹紧母亲留下的旧毛衣
只有这样，才能再一次
被母亲的双臂环绕

（选自《诗龙门》2022 年春夏卷）

搬　迁

马进思

架子车歇息的山道
干旱定格在沟壑纵横的山梁
脊背滚落的汗水摔得破碎
重叠的山峁，尘土飞沙游荡
褶皱排序的脸上眼神无助
几株狗尾草，几只蠕动的山羊

一条手臂借助太阳
从头顶划出一道亮光
温暖的信息，由此接连发出
这里不适合生存，宜整体搬往他乡

人心动了，脚步
于回首眷恋中走下山梁
告别贫困，重建家园
落日，把乡愁的身影无限拉长

洁白的墙壁映出恬静
红砖青瓦的屋子如此敞亮
水龙头唱歌，脸盆盛满欢笑
眼睛在疑惑，泪珠在笑声中闪光

大棚栽种，鱼塘养殖
生活，一步就走进了梦中天堂

（选自《中国校园文学》2022 年 6 月号上旬刊）

五辑　中坚

一粒沙

李晓光

都说眼不揉沙
一栋楼不知
吃进了多少沙

筛了又筛
剩下什么
沙子知道

细碎的东西
越容易团结在一起
抵御外界的压力

筛沙工筛了一辈子沙
比一粒沙还轻
从没人提起

（选自《诗歌月刊》2022 年第 7 期）

说说话

鲜　圣

我们用微信，先说说天气
好天气是一个人的脸面
你看，天空多灿烂。你的脸上正挂着云彩
阳光是一盆清水，天空干净得只剩下辽阔

阳光洗涤了你。好天气，可以供两人享用
彻底止住内心的牵挂和幻想
彻底照见一个人的心思和回忆

接下来，我们说说从前
那时候的时光是一个人的孤独
和一个人的简陋与伤痕

那时候，我们像一对影子，消逝在月光里
那时候的故事
没有发育，就已经成为一片秋天的落叶

说起从前，我们断断续续
偶有感伤，但我们愿意继续说下去

最后，我们说到了身体
说到了你躺着病床上的骨骼
一不小心，就折断了
我总是听到，骨头发出的声音

五辑　中坚

319

像一片树叶从窗外正在坠落

我抬头，看见了树
好像你就是一棵树，站在门外天天在等我
背景是秋天，鸟飞走了，树叶子在哗哗落尽

说说话吧，我与一个人约好了，在微信里
趁着天空明朗，旧事还躺在月光中，你的移动
疼痛正在消失

我的话，是一张狗皮膏药
我说出来，你的伤，就会好得更快
现在，你正好用得上，这些闲言或碎语

（选自《作家天地》2022 年第 11 期）

另一个视角

江文波

从天空看这座城市
城市就成了一个五色的魔方
事实上，我拼尽全力，将这个魔方
把玩了半生

魔方仍是参差，我听到了嘲笑的声音

再加上半生吧，我兢兢业业地转动
最后，还有一个杂色的方块
躲在一边，无法复原规定的位置

我纠结多年，才终于想到
原来，是我自己
躲在那个悖逆的色块里……

（选自《作家天地》2022 年第 11 期）

五辑　中坚

天堂寨大峡谷

轮　轴

一万次的拍打，与引领
一万次的追问
山谷默不作答
我从高处
溪流长长的追问中
看出山谷的深邃与博大

你从山下来
水往山下去
山有多陡峭
水的态度就有多么的坚决

在天堂寨
我对山水的认知
是从饱含激情俯冲直下的水开始
以至于我在漫长的回程途中
依然把时堵时疏的车队
认作大峡谷
缓急有致的溪流

（选自《作家天地》2022年第5期）

握 手

胡理勇

一双饱经风霜，一双细皮嫩肉

一双黧黑，一双葱白

一双坚硬如铁，一双柔软如绵

它们，在阳光下，握在一起

像两个世界，发生了碰撞

不是一次精心的策划

不是一出精彩纷呈的话剧

不是对苦难的揭露

不是对一次善的歌颂

明证，但不证明友好，或较劲

这是现在跟过去的握手

这是理想跟现实的握手

这是春天跟冬天的握手

但愿仅是黑与白的握手

不是幸福对痛苦的可怜、同情

不是富有对贫穷的大放慈悲

（选自《绿风》诗刊 2022 年第 1 期）

母亲离世后

瓦楞草

借一个梦，我与她相遇花丛
我们挺着蝴蝶的身子极力靠近
用触角打手势，不会说话
其实无须说什么
眼神的交流足够
我们看着对方
惊讶于生命变化的奇妙
再后来另一个梦
又使我们变成游动的鱼
一前一后
向着未知的神秘水域进发
或许今后的梦
因为彼此样子不断改变
我们的亲情关系
需要通过长久阅读目光的标记
才能够确定

（选自《六盘山》2022 年第 1 期）

瑶屋青苔

平溪慧子

瑶家的木屋没有吊脚楼
屋子接着地气
这样，每一天的守望
都能贴着地音
或者，获悉最早传来的脚步声
瑶家的木屋必有楼阁
站在楼上，倚栏远眺
可以看到远处的身影走近
那是寻古探幽的你
披一路的风尘，从远方赶来
藏在瑶乡屋顶的树皮里泛青
轻易，你未能找着我
你不会嫌弃我的沧桑
千年万年，我是因为等你
才老成了这般模样

（选自 2022 年 5 月 30 日湖南省诗歌学会公众号）

五辑 中坚

一场秋雨过后

过德文

一场秋雨过后

暑热和湿冷相互交融

碰撞，妥协

翅膀和叶片被收走

记忆不断被稀释

被替代，或者被遗忘

此刻，我不敢把淋湿的年龄

拿出来，放在阳台上晾晒

晃动的光阴，像一块善良的玻璃擦

擦着窗外的俗事，擦着窗帘盒里的缱绻

就这样，我站在自己的阳台上

听风，听雨

分辨左右，和东西

我想起了明媚的春光，和夏夜的芬芳

风还是一直在吹

一场秋雨让这个世界

变得更加沧桑

简单，不再浮躁

尘埃似乎要落定

善与恶

就等一场雪去净化

（选自 2022 年 9 月 29 日中国诗歌网）

待落的叶

陈明火

1

绿色的心全给了大好时光
而今，没有什么
不能舍弃了

只是想，在归来的一个瞬间
能让故乡
听到一声最亲近的问候

2

今天的落下，不全是叹息
就像往日的上升
也不全是幸运

生命的结局或开始
其实
没有多大的区别

（选自《岷州文学》2022 年第 3 期）

秋 思

李 晖

你我仿佛应前世之约
一起去听暮鼓晨钟
那一天这世界秋雨绵绵
是你为我撑起了晴朗的天空

你说我春风恬淡
我道你秋月从容
啊如果有来世
能否让我们再早一些相逢

我会以不变的灿烂
去消解你的疲惫和沉重
迎送每一个日出月落
如情景交融，一切在不言之中

（选自 2022 年 4 月《太阳诗报》总第 39 期）

细　节

吴警兵

举起酒杯的那一刻
酒与咽喉达成了共识
倾斜的角度无须精准拿捏
是咪一口还是一口闷
都是瞬间风云
对影不一定成三人
那些一闪而过的
也并非就是神来之笔
什么是你不敢想的
什么是你不敢说出的
仿佛与生俱来
还有那些百口莫辩的事
都做足了内功
万事俱备，有多少火焰
在不经意间点燃
时间，从没改变过什么

（选自《星星》诗刊 2022 年第 12 期）

五辑　中坚

等　待（外一首）

李丽红

她穿白底小花连衣裙
花发夹
平跟黑皮鞋
撑蓝白小格子伞
她在马路边已站很久了
这世间
总有一些人或事
在等待
或被等待

阅秋风

近来有大风
我一想到有风
就较欣慰
她总匿于物后
不显山露水
最可贵的
她总能把一切
吹干净

（以上二首选自《诗歌月刊》2022 年第 11 期）

新王峪村记事之一：声音

高 星

在村里，我每天都能听见
门前经过的汽车声
屋后爬坡的火车声
头顶起飞的飞机声
就是听不见人的说话声

（选自 2022 年 3 月 22 日西局书局微信公众号）

半 生

剑 男

半生是一个不断改变的时间
半生蹉跎啊，用什么可剪下这一段
寂灭的时光，悔恨还是不屈
半墙的书，上面落满灰尘，一个人
在黑暗中想起半生之苦，有
什么文字可以借来描述他的后半生
都说诗穷而后工，难道诗歌
也是一个人无法逃离的宿命？穿着
粗布衣衫，过着简陋的生活
庄子说这不是贫穷，是潦倒，是
胸中志向得不到伸展，这个
跨度过大的转折也因此把我们一生
劈成两半？若果真如此
那无情的刀斧又藏在命运的
哪个角落？一个人思想的臃肿是否
会因此显出肉身的瘦骨嶙峋
杜甫夔州之后，李清照南渡之前
当后人总结他们的一生，我
不相信每个人人生都如此泾渭分明
都说每个人有每个人的时代
但在这个波澜不兴的人间世
我只要这一日，我只借这一日在无穷无尽的
日复一日中穷尽自己的前世和今生

（选自《天涯》2022 年第 4 期）

杜鹃花

旁白客

血淋淋的实事，举起
这种花
不该用艳丽说事

喋血，未必穷途
一种鸟深入花朵，不飞
替灵性寻找出口，我
帮杜鹃向天喊话

我从不愿领它回家，深怕撞上
家中吐过血的老爸

（选自《奔流》2022 年第 8 期）

五辑
中坚

十二月札记

沙　叶

风吹口哨，沿土黄的丘陵一路小跑
那燃烧的火球，有点暴躁，沿途丢下
带光的箭头。

云层的不幸像袜子看见射穿的破洞：
几束箭簇已抵达雪人残破的心
透明的血液，流了大地一身

那肥硕的黄昏，唤晚霞祭奠眼睛
祷文中翻遍伤寒的病根

我捡片树叶喊："十二月！"
它应声"哎"就被收进口袋
一只书签成功藏进稿页

书屋一角，竖琴站着。弦的二十一根长牙
正咯咯发出颤音。黑夜寂静任鼻息淹没

白色的窗台，走过精灵数不清的脚印
它们一定错过了什么

（选自 2022 年 11 月 18 日中国作家网）

超 市

丁少国

很大很包容，百类商品千个品牌，不问出处
都可以来
来之前，都打扮了，美美的
来了，就暗自角力。无形小拳头，货架承压
一家超市，我常去买糖果，众人都买的那个牌子
架上也码着另一品牌糖果，却一片萧然
盯着生产日期，再盯保质期
我为它捏了一把汗
恰如那次我对人力资源市场一瞥
有一帮人，还未被领走

（选自《上海诗人》2022 年第 5 期）

在落日前净手（外一首）

崔丽娟

千里风掀起万顷波浪
琴声在天，也在水
无云，亦无归鸟，天海一色蓝
海面轻轻划过一双鞋
时间踏过了海浪
暮色托举起温柔的面颊
在落日前净手，踏上归程
枕着流水声，我把创世纪神话
交给棕榈树和海风

搁 浅

年轻时，曾经幻想
身心投入爱一个人似的
认真写好一首诗

写着，写着
人到中年
心里的爱，丢了

失去灵魂的文字
连同泛舟爱河的诗情
因为绝望，同时
搁浅

（以上二首选自《鸭绿江》2022年第8期）

空　人

李建华

她活着，好像已经死了
就像开始了一场遗体捐赠
最有出息的五个儿女叫五官
最疼爱的两个儿女叫心肝
长大之后，陆续离开
先后找到了自己的归宿
眼耳鼻舌口，挑选了五个
喜欢的城市，来去匆匆，各忙各的
作为代谢功能的大管家，她的肝没闲着
而她的心更为忙碌，在一个人的体内
跳高跳远或者跳舞……
浑然不知，一个人的现实
在人类文明的废墟上
已被时间掏空，成为一个
失去知觉的空人，或一副
不堪入目的骷髅——

（选自《流派》2022 年总第 23 期）

五辑　中坚

枯

徐 庶

站在枯枝上那只鸟，怎么看
都像是从一幅赝品画中
被人剔出来的
而我看到的枝头鸟
都在一幅花鸟中，享受着
荣华和富贵
枯枝，是画笔下的山水
必不可少的陪衬
枯，常为生活的一种伴动
枯并非死，并非无言
更非不堪一击
——你不可认定枯为绝路

（选自《诗刊》2022 年 9 月号上半月刊）

一夜大风

一些事物躲进夜，躲进声音

夜是最好的伪装，声音复杂

树籽落满人行道，打扫的声音

从午夜一直响到黎明

睡熟的人，多像又被世界抛弃一次

他们浑然不觉，很多事物已被挪动

泥土裂开，生命的气息悄然而至

被梦拒绝的东西，包括生存或死亡

变成无数的逃离，再进入梦境

那些无家可归的思索，会像掉落的树籽

有一些会成为另一棵树，有一些落下便意味着死亡

声音的变数，在屋顶的茅草间

在窗棂的颤抖中，拆解生命的困境

指路的纸钱已经上山，活着的人只能找回几声叹息

无法改变的是不断涌来的夜

不断消逝的时间，它们在风中

忍住，不发出一点声音

而出声的事物，都在激烈地告别

（选自《草原》2022年第5期）

五辑　中坚

记不清母亲年轻的样子

聂　泓

霜冻的早晨
母亲捡回满满一担鸡粪、狗粪
畚箕放在院子里，冒着热气
记不清那一年那一天
无数这样的日子
在我记忆里翻山越岭
贫穷的日子
一家人挤在一起。夜里的霜下得越重
早晨的太阳就越红
时光拖着一山的影子
月光拖着乡愁。母亲从门里
探出头来，一头白发
记不清母亲年轻的样子
只有那个结霜的早晨
只有山尖上的太阳红得没有一点杂质

（选自《诗刊》2022年8月号下半月刊）

茶（外一首）

海 郁

你散开
慢慢向我绽开你春天的好腰身

像你张开的臂膀
时空是一块巨大的玻璃

抿一口
眯上眼，全是你盛开时的妩媚

我和一片落叶坐在一起

黄昏，我和一片落叶
并排坐在公园的椅子上
我们熟视无睹，只是
落叶枯黄，被夕光围拢得
别有一番生机。其实
在人间，我们都是匆匆过客
都是时间的大树下
随风飘零的那一枚

我们小栖，路过灯火灿烂的人间
把沉默交付于风，捂住创口的隐痛
簌簌的泪水一样的声响
融入暮色最后的喧嚣

（以上二首选自《民族文学》2022年第7期）

一场洗礼

蓝雪花

透明雨衣里渐渐下坠的书包
颠了一下，他小小的背影
又向前弓了三分。我站在路口
像六岁，像他转身时垂下的眼睫

小雨细细的，每一丝都藏着一根针
想到下一个红绿灯，那些急着赶路的车们
想着他小小的孤单的身影
千万滴雨，似乎都在追问

从悬崖上踢下幼鹰的，是不是它的妈妈
我站在雨里，算不算接受了尘世一千次洗礼
再用一万个小孔，捂住心肠

（选自《诗选刊》2022 年第 8 期）

六辑　青春

探　亲

张二棍

手机里，存着几张母亲的遗照
每一次翻看，都像极了一次
路途漫漫的探亲
我终于变成，一个喋喋不休的儿子
而母亲，却总是与从前相反
一次次沉默地看着我
——这个被她留存在世上的儿子
她不嘱托，也不劝告。像个
生分至极的陌生人……像个
尚未学会怎样劝解，怎样安慰
怎样呵斥的母亲。我只好
一边盯着她，一边
捂紧自己的嘴巴，生怕
流露出，一丝丝
我活在人间的坏消息

（选自《长江文艺》2022年第4期）

橘 花（外一首）

冯　娜

白色的候鸟即使不鸣叫

也知道自己的声腔，涨满季风带来的骤雨

香气的本能不是为了闻嗅，而是弥散

陌生人，请抛下探访深渊的念头

用花茎报信，尤其天真

亚热带的水果将运往渤海的码头

穿化纤衣裳的男人，会扛起曝晒的东岸

橘子，贫苦年代的手掌

摩挲着远方沙地析出的糖霜

陌生人，不要羡慕白色候鸟

不要在雨地里深深呼吸

橘树清点过自己的财产，顺着异乡的海路

在未成熟的果实前

花是禁忌的船舱

当鸟不再蓄力起飞，而在坠落

陌生人，土地接纳了所有羽毛

在往后的漫游中

你闻过的味道，都将成为眼睛

平　原

平原曾热烈地与我谈论运河与收成

放眼看去，天空低垂在马鞍上

想到我大海的来历

六辑·青春

平原的安慰似犁铧新翻过

瓜棚下的农人正在打鼾

时代中迁徙的土地，只有睡梦与他相关

看不见的边界教会了我凝视

凝视却不等待苏醒

平原坦荡，并非一览无遗

平原还手握着一把新割的麦子

麦粒晶莹，人们有吞咽的满足和苦楚

饥馑和年轻的歌声耕种着平原

火车一样疾速

种粒，在飞奔中筛落

那渴望和湮灭交织的时日，麻绳般拧紧

如今我少言寡语、心沉如铁

失去地桩的绳索，倒向了平原

（以上二首选自《诗刊》2022 年 8 月号上半月刊）

一粒种子（外一首）

陈巨飞

如果，把山作为一粒种子，
就有了群山。把云作为种子，
就有了群山之巅的梯子。
从夜晚开始抑或结束，时间的
种子，将在失眠的时候，
长成月球上的环形山脉。
往事是酒的种子，缓缓倒入
杯中：谁喝下一面镜子？
轻音乐经常用铜质的声音，
生发梦境。这是虚构的种子，
让结局长出现实的叶子。
灯笼不安，想重新回到天上。
群星闪烁，是哪一粒火种
点燃的？蝙蝠是黄昏的种子，
和一座桥无限贴近或平行。
其中一只在河边，在枫杨里
梳洗打扮。她擅长偷盐，
从而获得会飞的大海的种子。

（选自《作家天地》2022 年第 10 期）

锦衣夜行

月亮探出头，云帐镶了金边。

下棋的人早已散场——
一头象离开棋盘上的危险，
在窨井里，写生活的
历险记：谁在夜里独行？
在有名的街道，他没有名字。

他没有花朵，也没有春天。
你却点燃他，一堆篝火，
一封旧信。他流过泪，一滴
两滴，像举棋未定的天气。
像悄然去远方的车辙，
泄露秘密时，遇到泄气的对手。

谁都想翻盘，除了车轱辘。
谁都想赌一把，窗户的铰链
却不服输，要一次次地
把风推出去。最后，他成为
你的反作用力：每一个碎片，
都有镜子过河后的锋利。

（选自《红豆》2022 年第 9 期）

帕米尔高原

杨碧薇

太大了，足以让人从晨曦走到黑夜
从心惶走到心酸，再走到
语言的空地

太久了，只剩下风，一刀又一刀
凿成脊骨壁立

在这里，永恒的王冠只留下灰斑
玫瑰和羊皮书，不配坐拥妩媚的庄园

人才是高原的雄鹰
没有谁不是在劳动中
用结实和痛，回答悲欣一生

还有什么可说——
说他们偶尔也会
闭上眼睛，鹰一般翱翔
幻想酷寒之上
仍有至高的清新

（选自《诗刊》2022 年 3 月号上半月刊）

六辑 青春

初春生长（外一首）

马文秀

鸟鸣声，藏在山川河流间
呼唤春的到来

斑驳的光影投射在画架上
让初春生长的意象
在画家饱满的笔触下
找到绽放的理由

暖阳下，笔墨肆意
内心的浩瀚与磅礴
在纸上跌宕起伏
如一声鸟鸣，追逐另一声鸟鸣

囊括一切希望，将春的讯息
带到祖国辽阔的疆域

一扇窗

人世间
喧嚣的形态各异
一扇窗隔开了静与闹
站在窗边向下望
既有江湖又有远方

一轮明月

将黑夜分开

缔造了诸多神话

让心底的波浪随意伸展

绕着月色向上

当情绪席卷生活时

即使说出再多的话语

嘴唇的形状

并不能决定

说出话的重量与真伪

很多时候背对喧闹

独自遥望云中的闪电

也是一种智慧

（以上二首选自《作品》2022 年第 10 期）

六辑 青春

歌　声（外一首）

马晓康

这个秋天，他
没有等到该来的人
被雨水淋湿的山
似乎更寂寞了
树叶卸下枯黄的容妆
借着月光，随水流远走
唱歌的人，没再来过
他坐过的青石
偶尔替他，发出几句歌声

雾中

迷雾中，新芽
冒出了头，没有什么拘束
却让周围的空旷，更空旷了
山丘起伏的呼吸
潮湿的鸟巢
长短交错的枝杈
这将是一场漫长的等待
新生与衰老，契合在同一张画面
风和时间拂过的声音
万物，更安静了

（以上二首选自《胶东文学》2022 年第 8 期）

语言的深处（外一首）

尘　轩

我在冬天推动一堵墙
欲离开语言的奥斯维辛
先于诗之前，已有小花爬过铁丝网
进入春天

对于过分依赖几何图形的活法
我举起手，表示不赞同
要给铁丝网一个豁口
并从那里，进入语言的深处

（选自《草堂》2022年第9卷）

时间的暗示

是时候了，太阳要落山
松果要成熟，鸟要飞向远方
熊要钻进冬眠树，猎人把弹壳埋起来
是时候让雪回到屋顶，喜鹊回到树梢
是时候停止争吵，相拥而泣
松开一早的白雾，让远山显出轮廓
是时候打开抽屉，把礼物拿给孩子
是时候把纸条递出去，等待简短的信息
不可能让所有意象在一首诗里集结
是时候解散它们，让它们回到来处

六辑　青春

回到大地、山川、树丛与天空

继续爬行、奔跑、跳跃、游动，或潜伏

让它们还能带给你感动或战栗

是时候催促你、呼唤你，谈论未知的爱情

是时候敲响某人的房门，不是为了叙旧

是时候留下一首短诗，供别人拾取

精简生命的家当，从一条小路回到来处

是时候离开屋子，回到词的场域

是时候给一首诗打一块温暖的补丁

（选自《广西文学》2022 年第 11 期）

春光曲（外一首）

徐春芳

迎春花拉开
春天的门把手

天空的曲线
高远如被诱惑的信仰

鸳鸯浮在水面上，如小朋友
摆开的两只纸船

阳光的烈酒弥漫
芳草长满了远道
我的心情字迹潦草

我走过的路，步步惊心
我爱过的人，温暖如春
我眼前的日子，繁花似锦

那宁静得没有涟漪的日子
在灵魂的幻景里，闪着粼粼波光

在江边

芜湖的下午，长江
裹着泥沙流淌

一只鸟飞过，它的消失
让辽阔的天空更加空旷
江山沉入孤独，几朵野花
努力听懂微风的手语

这一刻，走近逝水
浪花奔溅在掌心里
让我想起流走的日子
似乎还在什么地方弹奏

时间统治着——
打扮得漂漂亮亮的万物
簇拥在一起的芦苇
阳光停泊在木叶上
仿佛拥有肌肤的弹性

江上往来的船只
逆流而上的，顺流而下的
都吃不透混浊的水深

偶尔跳起一条鱼
瞬间传来了，生命
不可测的回声

（以上二首选自《诗刊》2022 年 10 月上半月刊）

葡萄和鸟（二首）

卢吉增

葡萄还在不紧不慢地生长

一个夏日早晨
阳光还没有煨热空气
露水还在葡萄树叶上荡秋千
院子里的一串绿葡萄已经圆鼓鼓了

阳光倾斜
出来进去总让我看见那串绿葡萄
还要多久就可以吃了
看到的人几乎都这么说

请小声一点啊
它还不成熟
还不大能听懂人们的话
它还在不紧不慢地生长
还在驻守着足下的山河

（选自《中国校园文学》2022年9月号）

另一只鸟

如果你窗前频现鸟语

357

你一定是有福的
如果打开窗子鸟语未断
你一定是大德之人

只要无害他之心
这些鸟就装做什么也不知道
你越不关心
它们就越美丽
你退到枝干以外
窗外的树木就更加葱茏

此刻，你小心翼翼地探出头来
这些鸟正怜悯地把你当成一片叶子
或另一只鸟
并试图将你保护

（选自《星星》诗刊 2022 年 1 月增刊）

麻雀生活

一　度

麻雀宛如白天的群星
树木对着它们祈祷
降临悬空的枝条，缀满
黑色的狂想。
很久没有抬头的行人
望向高处。
如果没有被欲望压弯腰身
我们也会经常看一看
一无所有的天空
一瞬间，觉得什么都拥有了

（选自《安徽文学》2022 年第 9 期）

六辑　青春

一路向北去雪乡

王　毓

她和我把两个自由的灵魂塞进一只箱子
一路向北，北到气温跌破两个人的年轮
对着江畔冰雕出的幸运女神许愿
我们要去梦幻家园为一朵雪花点起灯光
让冰与火淬炼出两行信笺
一行蹦出一地洁白的蘑菇
另一行蹦出一片七彩的祥云
被白脚马写在真挚的雪地上
太阳一笑，就融化进地球起伏的心脏
跳动在芳华不衰的山顶上
挂雪的白桦林把它装扮成星空旋转
转出一对对透明的眼睛
她和我就不由得在雪乡遥望远方
仿佛回到一个叫童梦的星球

（选自王毓诗集《飞》，浙江人民出版社 2022 年 11 月版）

在拉萨，仰望苍穹是幸福的

王长征

起伏连绵的群山托起缭绕的祥云
如同高擎着白色的思想
此时，大地静默
苦难的酒杯流出神性的酒
摔在地上一滴
碎成片片莲的花瓣

夜幕仿佛近在咫尺
星星缀在倒扣的黑色碗底
熠熠闪烁，眼波深邃而宁静
似乎在说，神灵触手可及

（选自《西藏文学》2022 年第 1 期）

大　象

王江江

反复被抽干，再重新注入
褶皱的波纹，成为可控的幻觉
从燥热的丛林走出，沿着
回形走廊——潮湿的腹部缠绕
指缝间填补着红色泥土
巨大的脚印，会被蝼蚁视为某种神迹
在一个来路不明的夜晚
风吹过水的缺口，呜咽来自
制造风声的双耳。摆动，让秘密对折
缓缓张开，又使往事倍增。
或者说，遗忘摇晃着倒影
如同他的沉默，镀着弯曲的月光
一头大象的孤独在于，高悬的星辰
循环往复，被挤压的陆地骤然升起
封印在一只海螺内的声音
像是一场晚会中途，失控的电流尖锐作响

（选自《北京文学》2022 年第 10 期）

序 曲

王秋阳

当歌声穿过空旷的地方
古老即将被逐渐呈现

我同它们在一起
可以听到它们的回声

月亮下沉入海：
"淹没于自身的明亮"

古老的树枝，长满草叶
鸟落在乐谱尾端，被"赋予最后的音节"

在风中我看见
所有事物的往昔和意义

用一种特殊的方式继续诵读它
比如捡起落叶，让它成为一本书

被隐匿的作者永恒地留在故乡
歌唱

（选自 2022 年 12 月 2 日中国诗歌网）

六辑 青春

天涯海角

方 严

一个角落张开一片浪花
一片天地生长出一片蔚蓝
如果你愿意从早晨的日光曲，听到月夜的小夜调
我愿伴你一路颠簸去往天涯海角
笑看海风中摇曳的无数的风帆

我在想，究竟哪一片风帆可以将我带走
远处汪洋靠近天空
它是在无边的辽阔寻找自我
还是在看不见的震撼中剖析隐秘的心房
或是打量岸上开得正盛的花墙

蔚蓝凝成的"南天一柱"
还是不能阻止大海美丽的绽放
就像无法阻止画家，在纸上笔端开花
挽不住的海风拽着诗人，在天涯奔跑
每一句随海的波涛快乐而至
掉进金黄色的沙粒与脚印的最后一行
把海腥味很足的海风染香，等待夜晚
在海边，由星光来奏弹

（选自《绿风》2022 年第 6 期）

S1 磁悬浮

胡松夏

高于地面，列车在轨道之上平稳行驶
不需要接触
杯子里的水早已进入梦乡
的确，感觉不到丝毫的颠动
这是一条中低速磁浮线路
正以极快的速度连通京西的群山

列车飞驰
一条斑驳的古道蜿蜒在车窗之外的山野
驼队远去
马车远去
旧的时光远去
此刻，映入眼帘的是满目青山
以及奔腾的河流

宽敞的车厢，舒适的座位
缓缓打开一本书
文字之外，时光早已形成鲜明的对比
我相信，震撼人心的一定是时代的日新月异

（选自《伊犁河》2022 年第 6 期）

六辑·青春

构思之书

敬 笃

由符号接管的一切事物
以奇异的构思，重新
塑造一切。或许，大地上
爬行的虫子，也想飞上天空
世界到处都有你的影子
暮色中漫步的骆驼
对森林早就没了兴致
反而沙漠，会为它绽放
生命之花。我们重返自然
草木沉默，雨水倏然落下
你期待着童话，风
淡淡地吹奏另一种旋律

（选自《草原》2022 年第 4 期）

笔锋一转

牛　涛

我笔锋一转，花鸟破涕为笑
月色，开始皎洁上梢
照着孤单的我
望着淡雾深处的你
在梦里或庭前

我笔锋一转
故事的情节随一圈圈水丝
荡漾得清楚，漾开一夜夜
我未成眠的心事
点缀着你的笑语和唇红，取名叫相思

我笔锋一转
这水墨色的天地，刹那多云转晴
心意，我已经写得够明白
你却假装，还在猜
墨砚里滴进一枚，未有出处的泪花

我笔锋一转，用第三人称开始叙述
这样也好，不让你为难
你若到最后也未答允
我在一个人的全剧终里
再去伏笔，续集里——
那么渺茫的相遇

（选自 2022 年 5 月 25 日《德州晚报》）

六辑　青春

在海河边成长

刘君梅

海河边的孩童是赤裸的纯净
盛夏里嬉水打闹
河岸上捡拾贝壳
还有回家路上的流连回望
都沉淀在记忆中
是永远打不碎的梦

海河边的少年是叛逆的精灵
双翼被湍急的河水冲击
思想在风雨中奔腾
爱的眼神，是激励也是期许
为你适时送上阳光、彩虹
以及柔软的风

海河边的青年是河堤上的身影
人生被灯塔点亮
理想如洗礼后的天空，格外明净
曾经的脚印嵌进泥藻中
如今正以坚毅的脚板开拓美景
看海鸥掠过头顶
目送着海河儿女毅然远行

（选自 2022 年 8 月 3 日"天津东丽"公众号）

信

张　元

虫鸣四起，已经很晚了
流浪的梦游者，像是一个
无家可归的人，星星还在歌唱
害怕了黑暗的眼睛
至今没有习惯光明

保持睡眠并不容易，一个清醒的人
如何与自己交流？看着影子
在大地上消失，已经很久了
没有语言比思想忠贞，那些未完的
回答，充满了遗憾

你未赴约，而我也
不算迟到，无人收纳的悲伤
是我期待了很久的春天，这么多年
我总是在夜晚写信，信封上的
地址不详，躺着一个
无人认领的名字

（选自 2022 年 11 月 30 日《澳门日报》"镜海"副刊）

六辑·青春

散 步

林进挺

这是我第几次来此？
雨水已停
数日不见的阳光洒下来
道路尚未泥泞
山林静谧
我还没听到鸟鸣的雀跃
在村庄的后山散步
在雨后的山林呼吸
已有许久不见的恬然
亲爱的
在陪伴过你成长的茂盛的山林里
我未曾厌倦
也未曾拒绝任何一棵杉树的友情

（选自《延河》2022 年 4 月号下半月刊）

黄昏未名

粒　粒

黄昏被一本诗集嚼碎

在妩媚的湛蓝的天空下

鸟儿见证了这个奇观

我徒步向前　她紧握书中的字词

她的目光恍如六月的野刺

与多数诗人不同

她的出现揭开了黑暗与现实

黄昏从诗集的封面下沉

她手捧这字词间的光芒

似在安抚婴儿的泣声

襁褓中从未与世俗有过交情

我已然这样默默地旁观

文明的暴行根植于湖畔一端

她穿过假山，从石缝中走来

枕在黄昏的伤口上

惊人的未名湖畔

诗歌在慢慢咬碎沉重的落日

用僵硬的时代的牙齿

（选自《黄河文学》2022 年第 4 期）

六辑　青春

车　站

天　天

你来到车站，车站没有教堂
只有钟声
所有的人都像上了发条
所有的脑袋四处张望

没有归宿，只有下一站
只有半个手掌和不落的太阳
下一站的美梦至今未归还
只有黎明知道，我们已经到站了
我们终于到达自己想要的故乡

（选自《河北作家》2022年第4期）

松针落下

贺晓玲

许多年前
我站在这里
肩上、发间，有松针簌簌落下
多少年，我缺席的日子
明月飞翔，山神过往
雷车繁忙，白云在这里拥堵
如一阵风……

现在，寂静
正借助岩石的定力
将分散到四处的神
一个一个地拉回

（选自《草原》2022年第2期）

六辑　青春